Depois do Infinito

VANESSA CUNHA

Depois do Infinito

Copyright © 2021 de Vanessa Cunha
Todos os direitos desta edição reservados à Editora Labrador.

Coordenação editorial Pamela Oliveira	***Preparação de texto*** Priscila Mota
Projeto gráfico, diagramação e capa Amanda Chagas	***Revisão*** Denise Morgado Sagiorato
Assistência editorial Larissa Robbi Ribeiro	***Ilustrações de capa e miolo*** Leandro Oliveira

Esta obra foi composta em Mrs Eaves (vários tamanhos) e impressa em papel Pólen bold 90 g/m² pela gráfica Paym.

Dados Internacionais de Catalogação na Publicação (CIP)
Angélica Ilacqua CRB-8/7057

Cunha, Vanessa
  Depois do infinito / Vanessa Cunha. -— São Paulo : Labrador, 2021.
  144 p. : il.

ISBN 978-65-5625-145-5

1. Ficção brasileira - Contos I. Título

21-2023   CDD B869.3

Índice para catálogo sistemático:
1. Ficção brasileira

EDITORA
Labrador

Editora Labrador
Diretor editorial: Daniel Pinsky
Rua Dr. José Elias, 520 – Alto da Lapa
05083-030 – São Paulo – SP
+55 (11) 3641-7446
contato@editoralabrador.com.br
www.editoralabrador.com.br
facebook.com/editoralabrador
instagram.com/editoralabrador

A reprodução de qualquer parte desta obra é ilegal e configura uma apropriação indevida dos direitos intelectuais e patrimoniais da autora.

A editora não é responsável pelo conteúdo deste livro. Esta é uma obra de ficção. Qualquer semelhança com nomes, pessoas, fatos ou situações da vida real será mera coincidência.

Sumário

9   Mas e depois do infinito?

10   Pneu   furado

11   Chafariz

13   Ensopava

15   Sombra

16   Valva

19   Borbulhas

20   Mão d · u · p · l · a

22   Silêncio doce

24   Pegadas

25   Dribles

25   Nada

27   Olho pássaro

28   La ce ra

31   Não lugar

33   Tarciso

34   Lápis acabou

35   Escorregava e caía

36   A falecida

40   Imortal

43   Passou a limpo

44   Espelho

47   volta. Vai e

49   Pensamento

51   Labirintamente

52   Babá

55   (Des)deitou

Mas e depois do infinito?

O mundo existe porque tudo está dentro de algum lugar. Se eu desenhar o mundo numa folha de papel quadrada, a gente vai ver todo mundo dentro. Quando penso no mundo me vejo no meu desenho dentro da minha casa, e se eu desenhar minha casa vocês verão que ela é um quadrado que fica na rua Andréia Geraldo da Silveira, n. 331, que é dentro de Tremembé que fica no Vale do Paraíba que é no estado de São Paulo que é no Brasil que fica na América do Sul que fica no continente americano que fica no planeta Terra que tem uma lua que fica no sistema solar que tem estrelas que é na Via-Láctea que fica no universo que é todo preto que tem mais vias como a Láctea que tem mais universos e que tudo fica dentro do preto! Tá! Nas outras folhas ficam outros mundos. Mas onde fica este caderno quadrado preto que tem tudo dentro, o que é que tem embaixo desse quadrado e depois dos depois do quadrado preto? Minha mamãe disse que existe até o infinito! Tá! Mas e depois?

Pneu furado

Parou o carro, inventou pneu furado.
Abriu o triângulo e foi se balançar no balanço.
Limpou as mãos e achou as horas.

Chafariz

Quis meditar, impossível,
chafariz de pensamentos.
Deixou todo mundo aproveitar a praça.
Depois secou.

Ensopava

Precisei me proteger dentro de casa.
Cheguei. Fechei tudo. Olhei pela janela,
nada de água lá fora.

Eu ensopava.

A chuva era dentro.

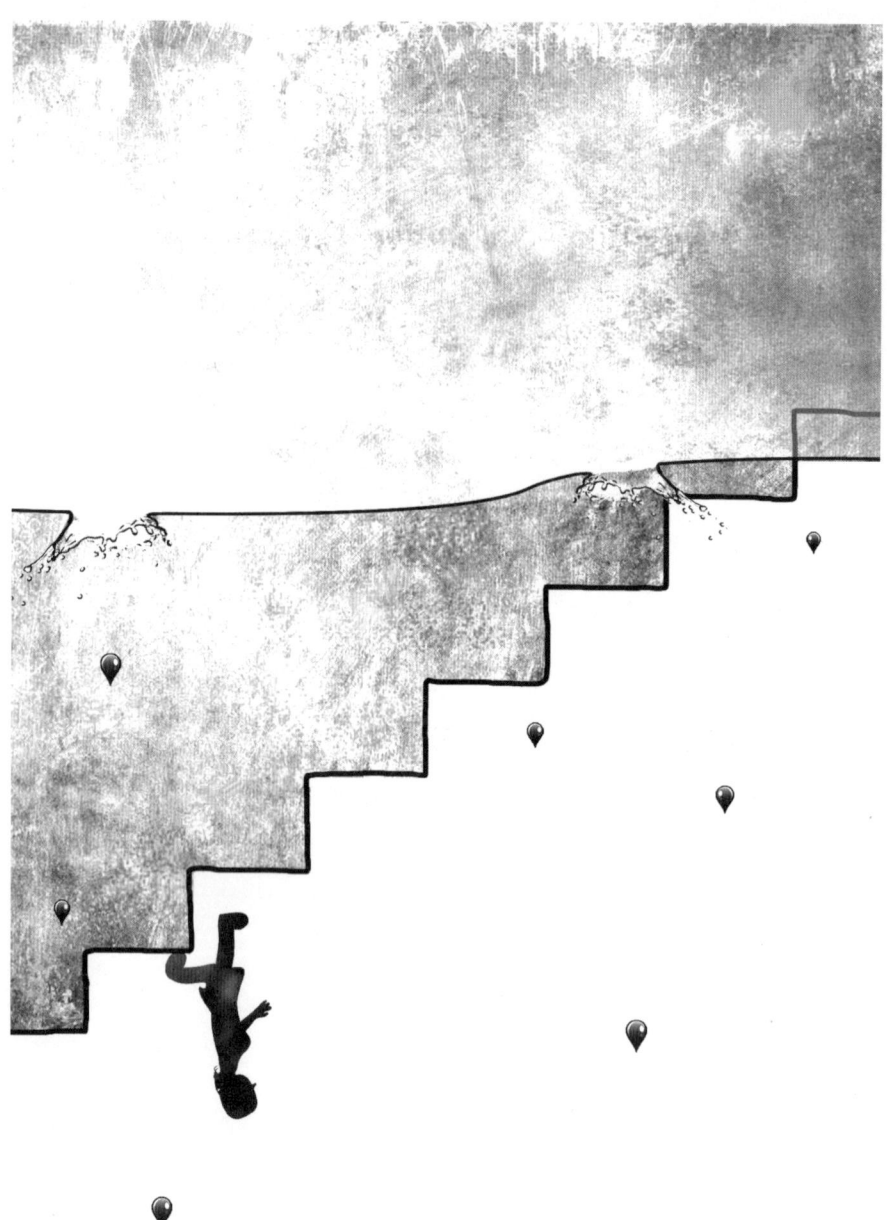

Sombra

Olhou para sua sombra, descobriu escada. Desceu. Chegou lá em cima, pegou alguns inconscientes e voltou molhado.

Valva

Vampira vasta varou vales e varais.
Vagina vanilla varanda valioso vagão.
Vazou vasos varreu vacilos vaidosos.
Vagarosa vasculhou variou vaiou varinhas.
Vangloriou-se vadiando vaporizou-se
vaga-lumes.

Borbulhas

Usava chapéu para sufocar os pensamentos. Como uma panela de pressão, as borbulhas pensantes inflamaram. Um dia explodiu feito bomba. O chapéu voou inalcançável. Sem cobertura, ficou exposto, e, já que era assim, passado o susto, nunca mais saiu à rua sem passar batom.

Mão
D·U·P·L·A

. . . . Nos ombros carregava
uma trouxa furada cheia de tinta,
os pigmentados pingos caindo
pontilhavam a rua.
Queria imprimir contínua mão dupla,
mas, sem olhar para o caminho,
não percebeu que estava desenhando
uma perfeita via
de . . . . ultrapassagens.

Silêncio doce

Ele não aguentava mais tanto ruído, aquilo parecia ser uma hipersensibilidade sonora que subtraía toda sua energia e lhe deixava sem ânimo. Quando Ela chegou, trouxe junto de si um silêncio doce. No mesmo instante, toda a consciência eufórica dele finalmente entrava em um adocicado compasso. Mesmo assim, Ele não a presenteava sequer com uma única troca de olhar. Ela por sua vez estava atenta e pronta para cada pseudo-oportunidade daquele desejado encontro de retinas. Quase ninguém entendia as necessidades dele. Ela, recheada de sentimentos, compreendia cada detalhe. O ruído subtraía a mente, o silêncio adicionava vida. Vivo, Ele não queria saber dela. Seu mundo (de silêncio), em plena atividade e fascinante imersão, era muito mais interessante. Mas não durou muito, aquele zunido quebrava todo o feitiço. Ficou exausto. Amargo. Ele não compreendia como um pontinho preto voador podia tomar para si os seus ouvidos. Cada passo dela para frente o afastava dez passos para trás. Ao se aproximar, Ele ficava inversamente mais distante. Ela, de prontidão, saltitou no ar, bateu palma e obteve o pontinho preto estatelado em suas mãos. Triunfante, mais uma vez Ela trazia o silêncio doce para Ele. O silêncio caramelizava todo o açúcar que antes estava disperso no ar, seu cérebro podia voltar a sentir os diferentes sabores da luz. Àquela hora, a luz acendia as formas. Passeando pelo espaço, estacionou os olhos nos seios dela. Como de costume, Ela pegou em suas mãos e devagar se sentou ao seu lado. Acomodou o rosto dele em seu colo. Agora, sem mais nem um respingo daquela consciência eufórica, Ele conseguia olhar para cima, e então colou suas retinas nas dela. E pela primeira vez balbuciou "Mamãe". Estava prestes a completar 7 anos de idade.

Pegadas

Pegou na mão da filha, passearam na terra,
as pegadas da filha iam as dele…

voltavam

Dribles

Não choveu. Crianças na rua, bola rolando. Sábado, meus pais aconchegados em belas músicas. Eu, estático, imaginando no teto a grama verde e meus dribles.

Nada
Nada no sangue, nada na urina, nada nos exames. Nada.

Olho pássaro

Olho pássaro, boca vento, dedos serrinha.
Mente piano. Um forte candidato a novo
Beethoven aquele catadorzinho de lixo,
não fosse a sua morte precoce
sem nunca ter nem visto as teclas.

La ce ra

Lares, laquês, lasso e laços.

                                              Lar-

Ladina lasciva lapida labirintos lacrados.

Lambuzada de lágrimas lamenta lancheira lânguida.

Lanha-se o lábio,
labora lauto lado lácteo para lazarones

                                              Larga-

ga o lápis,
largo lapso de labuta.

Latina lascada lavada de lava lançada lateja.

Lambisca lancinantes lacunas lambe lanças de latas.

dos.

Não lugar

    Recolheu todas as folhas secas do parque e fez um tapete amarelado meio marrom, o inverno chegou, as folhas reclamaram não lugar. Foram-se embora, abriu-se o chão, fatídica queda. Eterna. Vazio. Buraco.

Tarciso

Resmungava sempre: "O mundo... o mundo... o mundo... o mundo... o mundo!".

Caminhando distraído, passou pela linda vitrine espelhada da relojoaria, de rabo de olho se espantou ao ver refletidos seus balões de pensamentos sobre o tempo passando nos ponteiros. Viu uma imagem dentro da mesma imagem, dentro da mesma imagem, dentro da mesma imagem, infinitamente.

Lá dentro de todas elas só tinha: "Ele... ele... ele... ele... ele... ele... ele... ele... ele... ele... ele... ele... ele... ele... ele!"

Lápis acabou

Desenhou a chuva, o lápis. Acabou antes de completar a casinha. Conseguiu riscar uma meia-
-lua aberta para o chão, se encolheu debaixo dela e, sem ter o cabo para se segurar, não pode mais andar.

Escorregava e

caía

    Passou hidratante nas mãos e tentou agarrar o mundo. O globo rodava em suas palmas deslizantes, escorregava e caía no mesmo lugar. Cansou. Sentou. Depois, sem usar a força das mãos, engatinhando abraçou maiores distâncias.

A falecida

Saiu o sol! Tecidos e texturas colorindo o varal. Os panos de chão sujos já faziam aniversário jogados perto do ralo atrás do tanque. Retiro o último pano da perfumada máquina de lavar, cheiro do quintal da infância; sol, água e sabão. Embarco naquela fragrância saudosa e naufrago em um espanto absoluto. Uma barata! Dentro da máquina, uma barata! Lá no fundo perto do filtro, uma barata morta, macetada, que aflição! O frio fez dos panos de chão uma morada úmida e aquecida, estava ela ali envolta neles o tempo todo. Salto para trás, enojada da cabeça aos pés, finjo não precisar resolver a situação. A barata contradizia toda a existência da máquina, engenhoca de lugar de lavar, símbolo da limpeza.

Volto a respirar, precisava resolver aquilo rápido, cada segundo da permanência dela ali sedimentava e expandia a ideia da contaminação. *Não vou colocar a mão nela! Não mesmo. Como vou tirá-la dali?* Rápido! Promovo uma verdadeira chuva de álcool com o borrifador, e com muito papel toalha, me lanço a pegar o cadáver. Não quero sentir o seu volume por detrás do papel, que aflição, tenho medo de ela voltar à vida. A grossura do papel me tirou a sensibilidade dos dedos, de propósito, mas com tanto papel não consigo pinçá-la, tão fina e macetada. Durante a manobra, ao invés de agarrá-la, empurro-a ainda mais para baixo, o corpo dela escorrega e entra no friso entre o filtro e o tambor. Minhas axilas estão molhadas, meus dentes travados. Eu me afasto novamente. É o fim.

Não! Não posso fingir, preciso resolver isso. Estou de volta armada com um parafuso comprido nas mãos. Fracasso. Ele é grosso demais para entrar na finura do friso. O tempo está passando, quero resolver isso rápido, que aflição! Corro! Mais uma vez retorno armada, agora estou com uma tesoura de pontas finas. Cutuco dentro do friso na intenção de emergir a defunta; ao esprêmê-la de um lado, faço com que suas patinhas se movam do outro. Gelo e quentura extremos definem meu sangue e a sensação dele correndo em meu corpo, que aflição, que susto!

Imediatamente fecho os olhos. *Não seja maluca.* Abro os olhos. *Racionalize; é só uma barata... é só uma barata... é só uma barata morta, é uma morta macetada barata, morta e limpa, foi lavada.* Respiro. *Clarice, pensa em Clarice... lindo! Livro maravilhoso, Clarice aprofundou e romantizou o acontecimento com a barata dela. Racionalize, racionalize...* Transpiro. *Não tem a ver com a barata, é um enfrentamento de mim mesma contra toda uma construção de pavor... Encare seus medinhos e nojinhos. Que bobeira! Uma baratinha dessa, tadinha, lavada, morta, inofensiva.* Tomo fôlego. Dessa vez capturo a pequena, sinto (ou penso que sinto) o volume dela do outro lado do papel, na mente o mantra, *é só uma barata, é só uma barata, é só uma barata...*

Jogo-a no lixo, espirro e esfrego álcool nas mãos incessantemente; lambuzo tudo com Tay. Coloco a própria máquina para lavar, sem nada dentro, muito sabão e Tay. Pronto! Missão cumprida. Céu azul, êxito e suspiro depois de suor, "cecê" e fadiga. Fito-a no lixo por alguns instantes e, depois da catártica missão, até consigo sentir pena da pobrezinha da baratinha, morta macetada. A falecida.

Imortal

Imaginou imitar imigrantes ímpares. Imunes.

Impossibilitada, imersa, impediu-se.

Impactantes ímpetos impõem-lhe impulsos imundos.

Improvável imprimir-se imagens imaculadas impagáveis.

Impetuosa, implorava iminente improviso.

Importante imediatismo impregnava implementações impopulares.

Imensurável imaturidade imbuía imputadas imperfeições.

Imolada, imergiu imensa. **I**mortal.

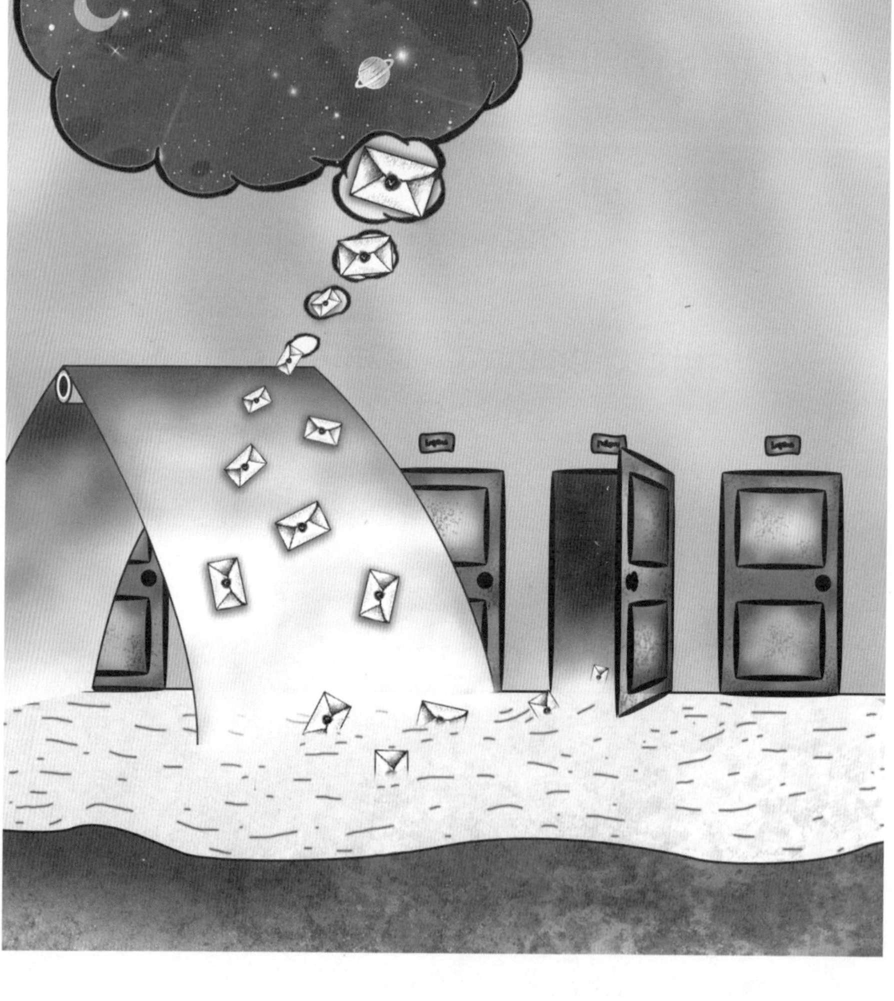

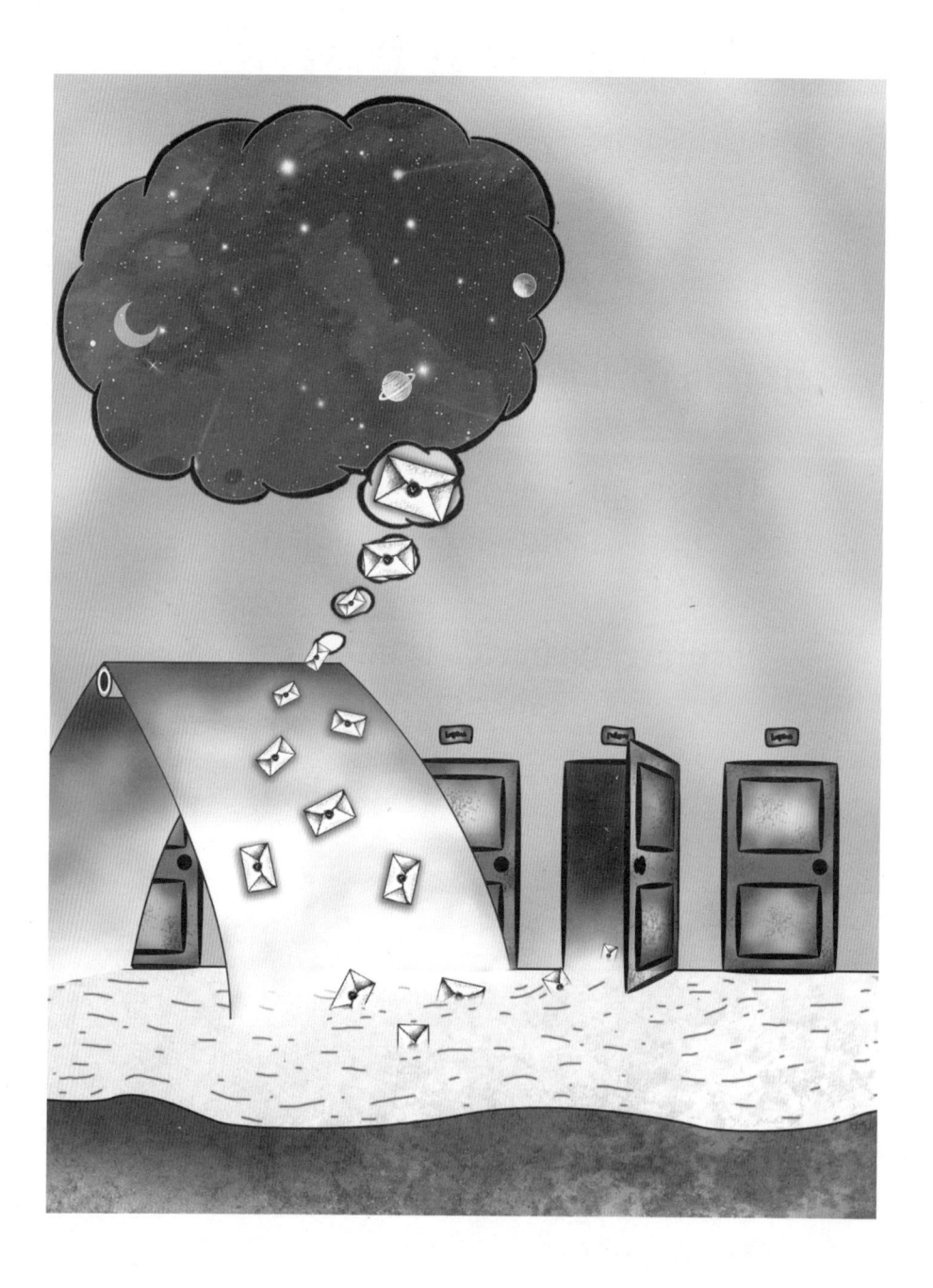

Passou a limpo

Virou a esquina
e deixou cartas,
dessa vez
escolheu a
primeira em
vez das outras
três portas já
abarrotadas.
Escreveu mais
algumas cartas.
Mudou a tinta.
Passou a limpo.
Recolheu as
antigas e

chegou por outro lado.

Es pe lho

Olhou para o espelho.
．．．．．．．．．．．．．．．Trin
．．．．．．．．．．．．．．．．．．．．．ca
．．．．．．．．．．．．．．．．．．do.
Foi embora, deixou o espelho.
Aspirou as trincas.

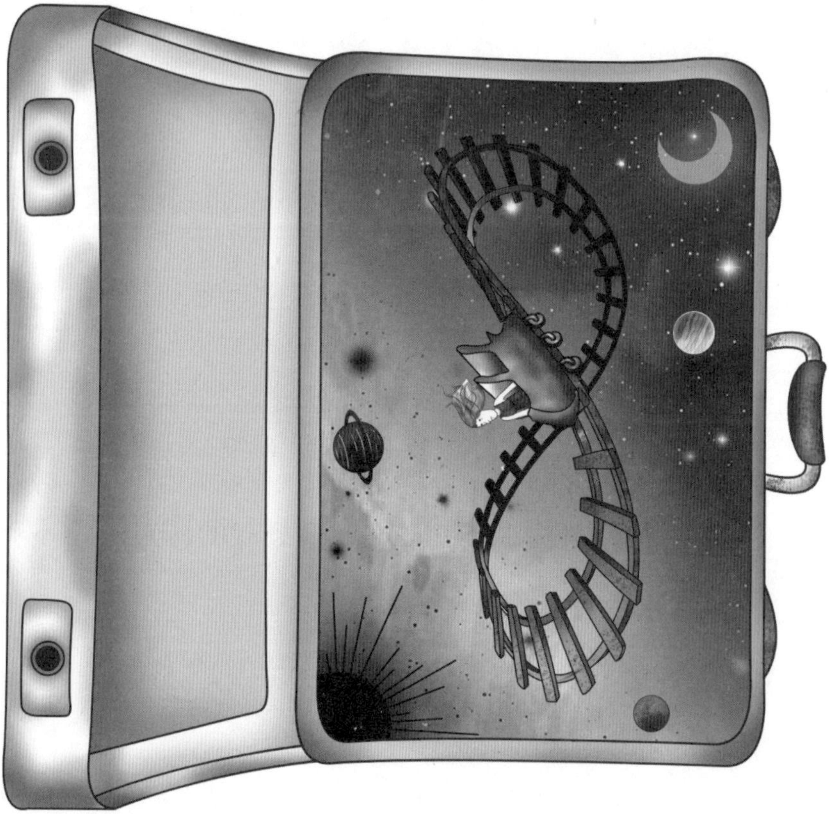

volta. Vai e

Queria ir embora de mim.

voltei. E de novo fiz as malas. Bati a porta e disse que iria embora, mas depois

Preciso começar a ginástica.

meço. Amanhã, sem falta eu co

Relação ao fôlego? – Parar de fumar!

acendi. – Quantos maços a mais? Fiz que não me ouvi e um cigarro no outro

paro. Amanhã, sem falta eu

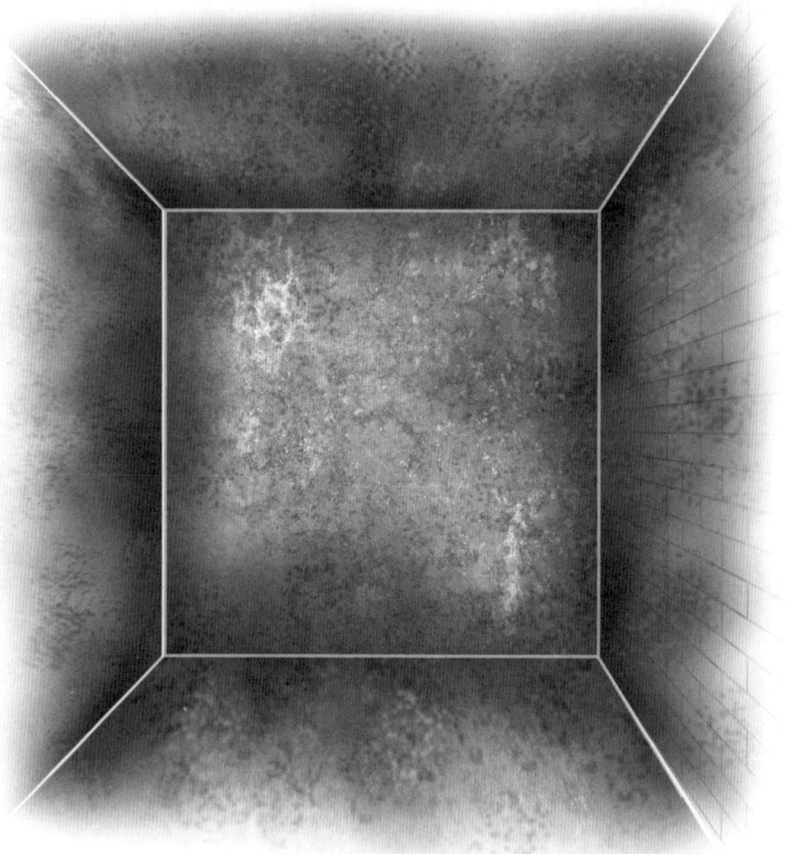

Pensamento

Entre quatro, paredes. Calado. Parado. Deitado.

Entreparado, quadro. Catado. Parecalado. Deitarede.

Encalado, quarto. Calaparede. Paraparado. Deitacalado.

Esjatequardo. Ca-la-do. Pa-ra-do. Dei-ta-do.

Es-cam-pado.

Dopado.

Preso.

março 2020

Labirintamente

Tensão - preocupação -

- dor -

PRISÃO

Saída!

- Fechada -

te - Corrente - Corrente - Corrente - Corrente - Corrente - Corrente - Corr en

tra

X da

da -

Tensão - preocupação -

- dor -

P

R

S I

Ã

O

MARÇO 2020						
D	S	T	Q	Q	S	S
N	**Ã**	**O**	4	5	6	7
8	9	10	11	12	13	14
15	16	17	18	19	20	21
22	23	24	25	**T**	**E**	**M**
29	30	31				

SAÍDA

Babá

Antes de semente, espírito.
Quero sombra, quero leite, quero paz.
Infiltrar o solo, raízes.
Tenho antepassados, quero respeito.

Crescer sem embatumar.
Quero colo e origem.
Ganhar altura, ver a praia.
Tenho sentidos, quero cheiro, quero cor, quero ervas.

Pegar idade, picante e aguda.
Quero poros, quero embeber, quero cachimbo.
Misturar na massa, fermentar.
Tenho sol, quero calor.

Assada, ensopada.
Quero ser chefe, bater as claras.
Ciclos, ritos, passagens.
Tenho fases, quero espirais.

Propagar sabores, alimentar.
Quero cuidar, adicionar.
Ouvir as críticas, aferroar.
Tenho paladar, quero açúcar e xarope.

Sistema, trancafiada.
Quero receita para acalmar o espírito.
Nas alturas, descanso.
Tenho natureza, quero liberdade.

Ressecar, enfarinhar.
Quero fotossíntese, epílogo.
Derramar a seiva, enterrar os ovos.
Tive frutos, batuques, quero um título.

Quero licor e passas.

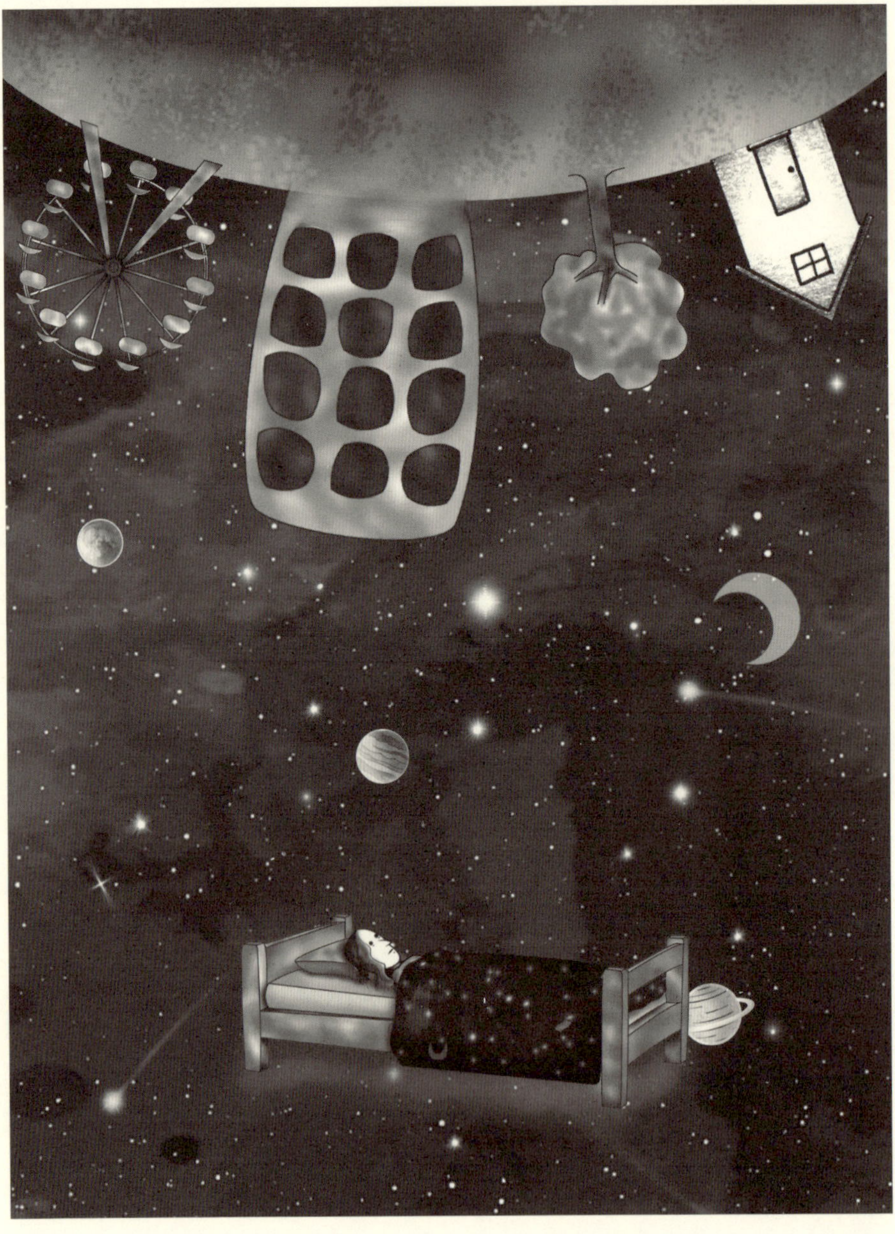

(Des)deitou.

(Des)acordou.
Levantou, mas continuou deitado.

(Des)aguou.
Limpou uma lágrima, nela viu espelho.

(Des)armou.
Refletiu, enxergou estrelas partidas ao meio.

(Des)cobriu.
Puxou tecido azul escuro, cheio de nenhuma cor.

(Des)cansou.
Sorriu, sentiu infinito. No céu deitou, nada embaixo caía.

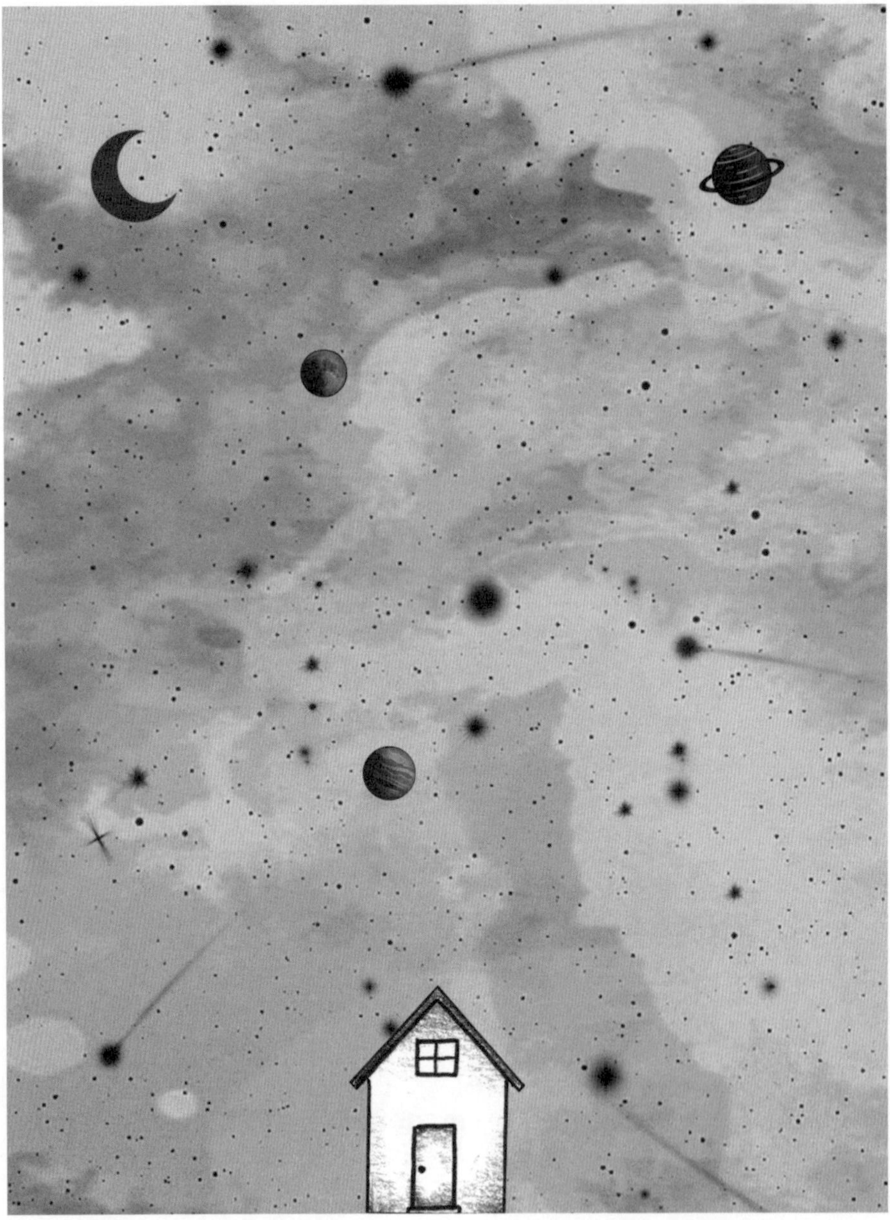

Minha
mamãe
disse
que
existe
até
o
infinito!
Tá!

Mas e depois?

Depois do Infinito

VANESSA CUNHA

LADO B

Depois do Infinito

EDITORA Labrador

Sumário

- **7**   Agradecimentos especiais
- **11**   Prefácio
- **13**   A queda para o alto
- **19**   O jardim
- **22**   *O círculo conforta e não dói.*
- **24**   *As flores ouvem o mundo, mas os humanos do mundo não conseguem ouvir as flores.*
- **25**   *Os não abraços recebidos moldam os abraços dados.*
- **28**   *Dizem que a memória reprimida se relaciona com um complexo do inconsciente.*
- **31**   *O coração é uma criança que ainda não sabe ouvir e falar, mas sente.*
- **33**   *Até os porcos se enojam com o que é perverso.*
- **35**   *Uma queda de si dentro de si, a alma em redemoinho na direção do seu umbigo.*
- **37**   *Como em uma língua de outra espécie, os corações e as músicas conversam harmonicamente.*
- **41**   Chico era Chico

Agradecimentos especiais

Sempre escrevi e nunca iscrevi. Eu explico! Contarei brevemente a minha trajetória com a escrita, pela qual se ligam pessoas especiais, peças indispensáveis para a existência deste livro.

Sempre escrevi. Desde pequena eu colocava nos papéis questões sobre o mundo e a nossa existência; muitas vezes, eu desenvolvia meus pensamentos em conversas madrugais infinitas com a minha mãe. Quando a luz do sol apontava, saíamos da imersão e corríamos para a realidade. Em outros momentos, com o meu irmão, deitados no chão de barriga para cima, as conversas no escuro – levemente iluminado pelas estrelas vistas através da janela – também transpassavam as noites. Minha mãe era toda ouvidos para as minhas questões, que também se uniam às dela. Meu irmão gostava de pegar os temas e levá-los para um lugar lúdico, e assim viajávamos para diferentes universos sem sair de casa. Todos os pensamentos paravam em um caderninho, no qual eu brincava de escrever um pequetito livro. Depois, um pouco mais moça, na escola de Artes Cênicas, aprendi a me curar pela escrita. Eu comecei a escrever meus sonhos ao acordar e alguns desabafos sobre as relações humanas – angústias, descobertas e conflitos oriundos da adolescência e do início da vida adulta. Eram cadernos e mais cadernos. Por fim, ao descobrir a paixão pela sétima arte, no curso de cinema fui estimulada por um professor, grande entusiasta do assunto, a escrever roteiros ficcionais. Ali, ampliei a prática da escrita para além dos meus pensamentos sobre a vida e o universo – esses que ficavam muito bem guardados, ou melhor, escondidos em meus cadernos. Com certa resistência, eu me pus a escrever após grande incentivo desse professor, que ensinava mais que cinema: ele alimentava os alunos com conhecimento e paixão, quase "autorizando" os sonhadores a sonhar, em meio ao nosso mundo e a seus obstáculos de viver da arte. E entre espaço e tempo, cores e formas, campo e quadro, elipses, supressão e dilatação do tempo, pintores e escritores... infinitos novos universos surgiram, se juntaram aos meus e os roteiros se materializaram.

Mas... nunca iscrevi. Fui uma criamça apaichonada por matemática. Entrava em êcstase com a lógica i aquele lugar gostoso qui u 2+2 = a 4 mi colocava. Como uma espéssie di joguinhu, disbravar as mais difísseis equassões i chegar no result4do era como abrir uma nova faze das etapas du videogaime. Rumo a zerar 0 cartuchu. Além disso, uzava "tampão" ocular na imfância, i enchergar na louza os núm3ros era muitícimo mais fácil duque enchergar as l3tras. Fui uma criança aplicada na iscola (até qui fui...), mas as letras qeu ce imbrarahlavam no uqadro verdi alimetanvam meu "calcanhar de Aquil3s". Erradamenti intendia qui quem gotasva de matemática não conceguia se çair bem em língua portugueza. Ao long6 do tepmo dessidi que não pudia iscrever. Meus iscritos eram di "mentirinha", só ezistiam para mim. Nos cardenos iscondidus, os erros de portuguêz istavam muito b3m guardadus. Ah... aquele famozo medo di errar! Enfiei na c4beça qui a iscrita não pudia çer minha. Cotinnuei a vlda toda 3screvendo çem iscrever, e apesar diter inúmeras pájinas preenxidas, para o mundo nunca tive nehnuma. Eu? Mi mostrar par4 o mundo? Mostrar meus pceudos erros? Não, nã0 pudia correr eçe riscu. Aimda não intendia que os disvius gramaticais (que barbaridadi!) ezistem para serem corrijidos, aprendidus e supreradus; ezistem para quem çe esspreça. Desvius ou figuras de linguajem? Barbarizmo é manter-si atrás di um iscudo – a inalcanssável norma culta (será?) e não çe esspreçar. A bezela da arti literária também está na forma e nu conteúdu de uma vizão ímpar di enchergar o mundo; está nu que si tem a dizer e comu dizer. Está na reverberação da constante "alimentassão" – a arte.

Com a pandemia, mais uma vez a escrita bateu à minha porta. O que antes eu via como mera "brincadeirinha" passou a ser "coisa séria". Os cadernos antigos continuavam escondidos e os elaborados roteiros de cinema eram, obviamente, mostrados somente para as equipes. Motivada por um concurso da quarentena, pela primeira vez escrevi um conto e aflorei para a escrita literária. Foi quando uma querida amiga entrou em cena de modo inesperado; ao ler o meu conto, ela se animou com a escrita e logo me orientou para estudos, dessa vez mais focados, da forma literária. Dali para a frente, chegava (enfim) o intenso desejo de escrever para ser lida. Sem ao menos me dar conta, esse foi o início da produção do meu primeiro livro (o primeiro de muitos que virão) e agora quero mi mostr4r... Quero mostrar o meu livro para todo o mundo!

Dedico *Depois do infinito* ao professor de cinema – hoje, meu grande amor –, Diogo Oliveira. E agradeço a ele por toda inspiração, conhecimento e incentivo, por me ajudar a ver que os erros existem para quem se lança, por me lembrar diariamente de que o mais belo de toda arte está na habilidade de sua criação.

Dedico também à minha amada mãe, Lúcia Xavier da Cunha, e ao meu amado irmão, Pérsio Cunha. E os agradeço por todo alimento criativo oriundo da infância, e toda vida recheada de grandes divagações e incentivos. Dedico ao meu amado pai, Adilson da Costa Rolla, e à minha amada irmã, Adriana Cunha, por me apoiarem em cada momento deste trabalho com importantes e revigorantes injeções de amor e coragem.

Dedico também à historiadora e querida amiga, Vavy Pacheco Borges, a quem agradeço pelo apoio e pela atenção à minha escrita, me incentivando à arte literária e enxergando possibilidades em mim onde eu mesma ainda não tinha visto.

Agradeço imensamente o empenho do designer, o querido Leandro Oliveira, por se debruçar com todo seu trabalho e seu talento no processo das ilustrações que embelezam a capa e se somam linda e reflexivamente ao miolo deste livro.

À toda minha família e a todos meus amigos, que acreditaram nesse processo e me incentivaram a publicar este livro, pois, ao fazerem isso, apoiaram a arte e a cultura de nosso país. De todo coração, agradeço a: Luciana da Cunha Taveira, Vania Machado, Julierme Arrais, André Machado, Karis Thucker, Lígia Cunha Wenth, Ernesto Wenth, Ernesto Wenth Filho, Renata Cunha Wenth, Julio Adrião, Marcel Ferreira, Cinthia Assis, Clodoaldo Lino, Elena Pazuello, Sergio Dazio, Karen Barros, Andrea Henrique, Nanci Brandão Lima, Carolina Mayhew, Juliana Bokor Vieira Xavier, Bianca Oliveira, Lissandra Amaral, Sophia Ázara, Beatriz Ohana, Soraia de Araujo, Felipe Quadra, Bernardo Fraga, Sabrina Arraes, Nadia Saraiva, Felipe Brandão, Yumi Hamada, Flávio Lopes, Daniel Fialho, Rita de Cassia Chaves, Daniel Destro, Angela Carrancho, Edna Médici, Marcos da Cruz, Carolina Taveira, Leda Taveira, André Braz Campo, Alexandre Takashi, Thor Weglinski, João Pedro Goes, Terezinha Silva, Danilo de Aquino, Sônia Mancastroppi, Ana Maria Porto, Guido Guimarães, Heloisa Gimenes, Mariana Lobato, Ísis Anthero, Yasmin Lima, Cauê Monteiro, Elaine Paschoal e Flavio Carriço.

Vanessa Cunha

Prefácio

A arte tem como principal pulsão transformar a nossa percepção sobre o mundo, proporcionando-nos novas maneiras de pensar. Nesse sentido, Vanessa Cunha segura a nossa mão e nos leva para uma redescoberta de nós mesmos. Uma viagem inesquecível ao fantástico e às coisas não vistas ou esquecidas por nós. Por meio de novas simetrias forjadas nas impossibilidades possíveis do sonho, a autora nos faz olhar para dentro com olhos descegados.

Ler. Repensar. Espelho quebrado. Cola. Ver (ser).

Depois do infinito não tem amarras. Tem uma pulsante e necessária preocupação em não se aprisionar num formato. Frases, versos e contos atravessam o livro, todos com um forte apelo visual, seja pelo grafismo das palavras, seja pelo forte impulso conotativo visual, seja pelas ilustrações que se chocam com as palavras, adubando ainda mais o nosso imaginário.

Cada texto contido neste livro é independe um dos outros. Ao final da experiência de leitura deste livro, essas singularidades se abraçam dentro de um caldeirão de ideias e sonhos, numa desconstrução construtiva e fortificante, para encararmos esse mundo que nos assola, lembrando-nos sempre de caminhar para dentro: até depois do infinito.

Diogo Oliveira, cineasta

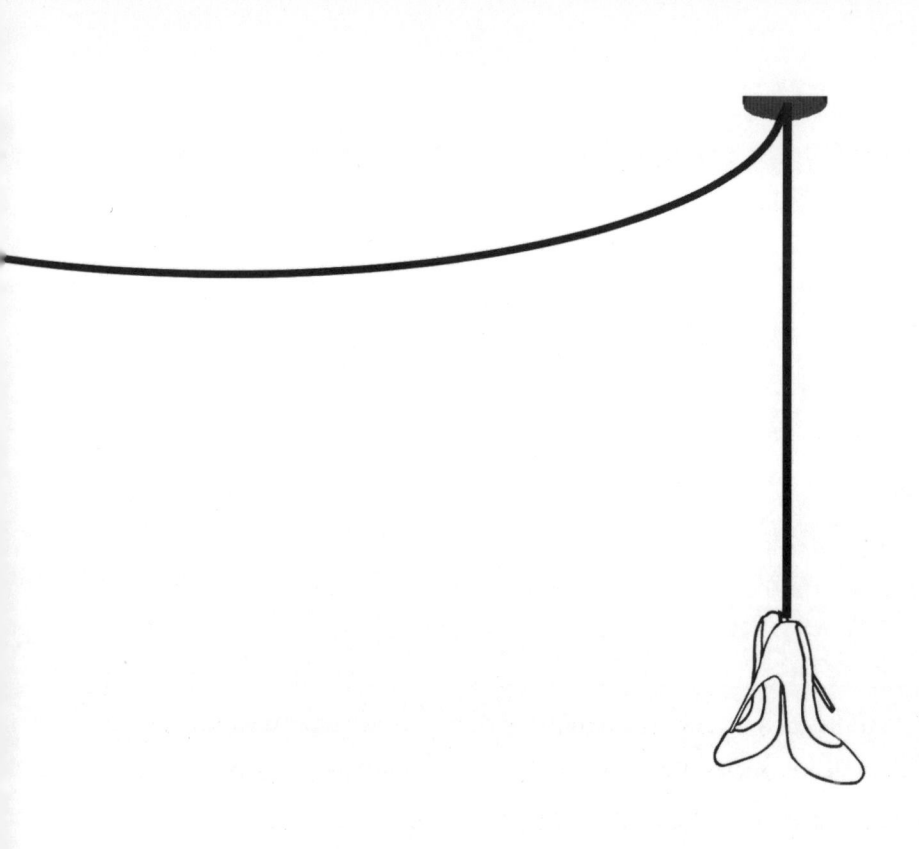

A queda
para o alto

Era uma vez a estória dos irmãos gêmeos, um se chamava Sapatinhos e o outro, De Cristal. Eles trabalhavam na prateleira de poções mágicas da Dona Fada Madrinha. Quando a fada saía de casa carregando sua varinha, eles ficavam ansiosos pensando que ela poderia fazer algum feitiço em que eles pudessem passear nos pés de alguma donzela. Eles eram iguaizinhos, no entanto, Sapatinhos tinha a forma do pé da esquerda e De Cristal, do pé da direita, e por isso eles não se encaixavam entre si. Mas, mesmo que eles discordassem em muitas coisas das coisas da vida, em uma eles concordavam: os dois não aguentavam mais viver presos naquela prateleira.

Suas estruturas, de cristal, eram lindas! Eram brilhantes e límpidas, mas toda essa beleza os fazia frágeis. Suas formas, como de vidro reluzente, permitiam que todos pudessem vê-los a distância e a transparência denunciava seus pensamentos. Eles sabiam que eram frágeis e por isso só sairiam em ocasião muito especial, quando a Dona Fada Madrinha confiasse que no pé de alguma donzela eles não se quebrariam.

Na prateleira parados há tempos, andavam cabisbaixos. Sapatinhos estava revoltado e De Cristal, obscuro. Já era noite quando eles, depois de uma briga intensa, já pegando no sono, foram acordados de supetão. Fez-se um raio de luz fortíssimo em frente à prateleira, uma fenda no espaço, e eles foram sugados para o nada e se materializaram na casa de uma moça. Lá estava Dona Fada Madrinha com a Moça, lhe dando recomendações sobre um baile. A Moça chorava, mas se alegrou rapidamente quando a fada a vestiu de um lindo vestido e lhe calçou com os irmãos gêmeos. Durante o caminho do baile eles entenderam o que estava acontecendo, tratava-se de uma noite especial!

No baile, Sapatinhos De Cristal (Isso mesmo! Agora sem a conjunção entre eles. Sujeitos! Juntos transmutaram-se de substantivos para indivíduos de suas próprias histórias.) dançaram a noite toda em parceria com as Botas De Couro. O quarteto se entrosou, as Botas De Couro vívidas e compassadas os conduziram à dança sem qualquer tropeço, sob o olhar admirado de todas as gentes, rodopiavam e rodopiavam no salão. Eles estavam tão animados com aquela farra das novas companheiras, que nem viram o tempo passar.

De repente, a Moça se lembrou das recomendações da Dona Fada Madrinha. A dança se encerrou, a Moça às pressas saiu correndo abandonando o baile. Sapatinhos não se conformou, fazia resistência para que a Moça não conseguisse descer tão rápido as escadas da saída do salão. Vibrava seu corpo contra o movimento dela e dizia para De Cristal que não iria facilitar a descida. No embate, Sapatinhos caiu do pé da Moça; com a queda, conseguiu se desvencilhar!

– **Sapatinhos, Sapatinhos!! Maninho!!!**

– Não!!!!

– **Volta! Você vai morrer, não se pode lutar contra o que se deve ser!** – gritava De Cristal.

– **Adeus, De Cristal! Não se preocupe, quero ter liberdade, hei de me virar aqui fora!** – respondeu Sapatinhos com o coração na boca.

A Moça e De Cristal sumiram no horizonte. Sapatinhos, parado no alto da escada, ficou pensando no que faria. Nesse instante chegou o Moço que calçava as Botas De Couro, e o apanhou do chão. Na manhã seguinte, Sapatinhos foi levado para lá e para cá, foi apresentado a várias donzelas que o queriam calçar. Sapatinhos passou de tudo durante vários dias. Havia donzelas grosseiras, algumas com os pés grandes demais, outras com os pés pequenos demais, algumas mal-humoradas e outras até com mau cheiro. Todas só queriam usá-lo a qualquer custo. Um dia, Sapatinhos foi levado até a casa da Moça. Chegando lá logo reconheceu a casa e avistou De Cristal numa janela lá bem no alto, ameaçando se jogar!

– **De Cristal, De Cristal!!! Maninho!!!**

– **Não!!!**

– **Volta! Você vai morrer, devemos lutar contra o que não queremos ser!** – gritava Sapatinhos.

Sapatinhos havia entendido que o irmão tentava se matar, mas na verdade De Cristal tentava chamar a atenção das visitas, pois ele e a Moça estavam presos no sótão. A confusão não foi tão ruim. Sapatinhos De Cristal perceberam que, se se quebrassem, não poderiam mais trabalhar para Dona Fada Madrinha, e esta, temendo a perda de seus cristais, logo chegou!

À sua maneira, Sapatinhos De Cristal desejavam ser parecidos com as Botas De Couro. Também são belas, mas são fortes! Elas andam para cima e para baixo, para lá e para cá, conhecem as ruas todas, as cidades e as viagens. Não se machucam por qualquer coisa, são misteriosas e não se quebram. É certo que suas donas muitas vezes não as tratam com muito cuidado, mas Botas De Couro não ligam, elas preferem viver, vez ou outra, sujas de barro, do que viver feito estátuas límpidas em alguma prateleira.

Agora unidos, Sapatinhos De Cristal podiam exigir da Dona Fada Madrinha seus direitos de serem, em definitivo, transformados em sujeitos ativos de suas histórias. E assim fizeram! Mesmo sabendo que teriam muito trabalho nesse processo, ainda assim fizeram! Eles não mais existiam somente para serem belos à vista dos outros. Quando se machucam ou se sujam, se consertam e se lavam. Tornam a passear, existem e vivem!

Fim.

O jardim

Ventava muito forte, uma ventania vinda de todos os lados. As janelas assoviavam, gritavam e tremiam. Com tanta barulheira, as flores, conversando, esgoelavam-se para se fazerem ouvir. Sálvia, alarmada, passava o recado recebido da Abelha Gigante, contava que outras flores lá bem distante estavam apavoradas, diziam que os velhos de lá estavam todos morrendo. Lírio indagou que não se sabia se era por falta de água, já que, como motivo para quase tudo, a falta cabia. A notícia era a de que lá longe tudo estava perdendo a cor, e depois, de pouco em pouco, ficando verde. Ficavam verdes e depois morriam. Jasmim sentia que algo estava por vir e iria modificar as vidas. Era a mais quietinha das flores, mas sempre atenta. Toda ouvidos! As flores ficaram desesperadas, se puseram a falar pelos carpelos o dia todo. Estavam com medo. Quando a ventania dava trégua, a chuva vinha e as iluminava. Só assim nesses momentos é que elas respiravam mais tranquilas e ficavam calmas. Mas depois voltavam a se atormentar. As flores sabiam que eram frágeis. Eram fortes! Mas eram frágeis.

Na casa da Dona Margarida e do Seu Floriano, as flores eram as protagonistas da lindeza. Vaidosas, cheirosas e coloridas, elas transformavam em coisa linda todo o lugar em que estavam. O falatório corria solto, as ideias vinham de todos os lados, das flores vizinhas, da chuva, das abelhas e até da TV. Dona Margarida não acreditava no tal surto de coisa verde. Ligava a TV, ouvia as notícias, mas não acreditava em nada; nenhuma notícia era verdade quando saía da boca de gente jovem. É que para ela as moças e os moços da televisão não sabiam nada da vida. Toda hora ela dizia que não era nada, nunca era alguma coisa. Sempre era nada. Dona Margarida ouvia, mas não ouvia! Quando na infância, o pai dela lhe ensinou que criança não podia dizer coisa certa. E o pai de Dona Margarida, por sua vez, na infância também aprendeu com o pai dele que dizer coisa certa criança não podia. Dona Margarida perdeu o pai quando era ainda bem mocinha, e ficou sem pai para lhe dizer, então, quando é que podia.

Casou-se com Seu Floriano, que também teve pai e talvez soubesse quando é que alguém podia dizer coisa certa. Na casa deles, quando viam a TV, Seu Floriano às vezes ouvia as falas das pessoas, mas só às vezes. Seu Floriano tinha dificuldade de desligar os sonhos. Quando estava acordado, dormia, e quando estava dormindo, vivia. Não fazia tanta distinção. Afinal, que tanto mal fazia se ele sonhava ou vivia? Como quem tem duas casas, Seu Floriano vivia no sonho e dormia na vida. Certa vez, quando Seu Floriano ligou a TV, viu passando na tela sua vida do sonho. E já que não sabia mais se estava dormindo ou acordado, preferiu desligar a TV, pois não queria mostrar sua vida de sonho para ninguém.

Jasmim viu quando a Abelha Gigante chegou com mais notícias para Sálvia. A primeira, aflita, não conseguiu ouvir por conta da ventania. Sálvia era comunicativa, gostava de cantar e de falação. Uma porta-voz das flores! Dona Margarida e Seu Floriano nunca saíam de casa e Sálvia sempre conseguia as notícias para o jardim.

O carteiro bateu à porta. Junto dele chegou a Menina que sempre visitava as flores. Dona Margarida e Seu Floriano adoravam as visitas da Menina, que não tinha nome porque ainda não podia dizer coisa certa. Mas que ouvia! Toda vez ouvia, ouvia a falta de pai de Dona Margarida e a vida de sonho de Seu Floriano. Nessa visita, a Menina ficou distante de tudo. Bem distante. E, dessa vez, fez questão de dizer ao invés de ouvir. Disse que gostava muito de ciência e que na escola a professora dizia que, em um lugar longe, muitos velhos estavam tendo uma coisa verde. A diretora informou que ela não iria mais ter aula, todas as pessoas deveriam ficar dentro de suas casas. A Menina continuou, pediu que Dona Margarida e Seu Floriano cuidassem das flores, como sempre, pois as cores não podiam se perder.

O círculo conforta e não dói.

Dona Margarida se inquietou. A que tanta falação a Menina se atrevia? Margaridinha, como às vezes era chamada quando criança, também gostava de ciência na escola. Mas Dinha, abreviação de seu apelido, chorava muito se não entendia as coisas, e de tanta vergonha foi deixando de se interessar. Ela queria entender tudo o que não tinha resposta ainda. E talvez nunca fosse ter. Dinha não aceitava que não pudesse saber de tudo, e como escapatória começou a acreditar em tudo que não era acreditável somente para poder responder a si mesma. A consciência de não saber era tão angustiante que ela preferia a inconsistência da resposta pronta do invisível. O invisível tinha uma forma redonda. Um círculo. O círculo conforta e não dói. Pode deitar-se no círculo e abraçar as próprias pernas, quase se colocando no colo. Já a consciência se parece mais com uma reta, ela é estridente, aguda e contínua. Dinha precisava sempre estar muito ereta e firme para poder andar na linha reta. Além disso precisava aceitar que não veria o fim da linha. Na reta ela tinha medo de cair e deixar de existir. Preferiu, então, existir do jeito que não queria, no círculo, mas com a certeza de existir. Agora, em vez de chorar toda nervosa, ela vivia graciosa, sorrindo, se colocando no lugar de não falar e de não querer saber. O que era mais fácil. A Menina provocou em Dona Margarida uma sensação estranha que ela não conseguia entender, uma saudade do que ela talvez tivesse sido se arriscasse andar na reta aguda sem fim. Dona Margarida pensava: *Como podia aquela Menina andar na reta sem chorar de vergonha?*

Seu Floriano se desligou da conversa e, olhando para as flores, percebeu que Jasmim e Lírio estavam muito cabisbaixos; notou a Abelha Gigante rondando a Sálvia. Enquanto isso, o carteiro, que a vida toda era muito ágil, estava um pouco perdido; depois de muito vasculhar sua bolsa, finalmente retirava algumas cartas para entregar aos donos da casa. Ele já era adiantado de idade, e em contraste com as flores parecia desbotado, abatido.

De volta às flores, Seu Floriano julgava que o vento fizera muito mal ao jardim e que aquela abelhona deveria estar mesmo faminta para continuar voando contra o vento. O carteiro colocou as cartas na mureta da casa, de longe acenou com a mão e continuou andando. Seu Floriano correspondeu ao movimento de mão e voltou a sintonizar as flores. A Abelha Gigante tinha ido embora. Sálvia tentava falar com Seu Floriano; ela suspeitou, dado o jeito fixo como a olhava, que talvez ele pudesse ouvi-la. Seu Floriano viu as centenas de florzinhas que compunham Sálvia no que parecia, se abrindo e fechando rapidamente em sincronia, como um coro de vozes falando ou tentando falar. Pensando estar em vida de sonho, ele apalpou o vento, e no vazio, não achou o controle remoto para desligar a TV. Ficou nervoso, pois a Menina e Dona Margarida iriam assistir aos seus sonhos. Para ele, tudo que não parecia normal era bom ser escondido. Nunca sabia se todos viam o que ele via ou se era seu sonho passando na tela.

*As flores ouvem o mundo, mas os humanos do mundo não conseguem ouvir as flores.

Um silêncio profundo agitou o coração de todos. Como o coração não pode pensar, ele fica apavorado. Sálvia continuava falando, mas ninguém podia ouvi-la. Sálvia berrava! Jasmim, Lírio e todo o resto continuavam com as vozes uníssonas, em coro. Queriam contar que a Menina dizendo sobre a coisa verde, coisa certa dizia.

– Seu Floriano, eu vi na escola que as flores falam, elas sabem do passado e do futuro. Quando chove elas iluminam as falas, se fecham para ouvir e depois se abrem no dia seguinte para poder dizer. E é por isso que as flores e as plantas sempre sobreviveram a todas as eras. As flores ouvem o mundo, mas os humanos do mundo não conseguem ouvir as flores – dizia a Menina.

As flores são atraentes. E, assim como os humanos, os insetos também são atraídos a olharem para elas; sua reprodução e sobrevivência dependem dos que a contemplam e polinizam. Mas em outra dimensão não se pode ouvir as flores, e disso a Menina sabia.

Uma rajada de vento surgia repentinamente. As cartas que o carteiro havia deixado na mureta da casa voaram! Estava ventando muito, o que aumentava toda a agitação das flores, dos insetos, das plantas e de toda massa que compõe o mundo. A massa que não contém os humanos. O vendaval levava as conversas, as falas da natureza, para lá e para cá. Assim como levou as cartas. No entanto, o vento forte fazia as flores pararem de tentar falar; era hora de ouvir o que a chuva, já se mostrando logo ali futura, tinha para dizer.

– **Oh, meu Deus, as cartas voaram!** – gritou Dona Margarida.

A Menina, ainda no portão da casa, saiu correndo atrás das cartas, mas o vento corria mais que a Menina. Ela pulava repetidamente para agarrar as cartas que voavam alto. Parecendo pequenos tornados, o vento se punha a rodar. O vento abraçava o chão e depois levava as cartas para cima. Seu Floriano lamentou o ocorrido. Perplexo verificando não poder fazer nada, voltou a olhar para o jardim.

Depois de tanto desgaste, de tanto gritar, Sálvia se fechou murcha. Jasmim e Lírio estavam também desanimados. A luz do dia havia se escondido confirmando que chegaria a chuva. A Menina parecia desistir, não era possível alcançar as cartas. E logo Dona Margarida concluiu que a coisa de gostar muito de ciência tinha deixado a Menina abobada. Não sabia mais ela correr bem rápido como qualquer menina.

*Os não abraços recebidos moldam os abraços dados.

No dia seguinte, só depois de os últimos pingos de chuva escorregarem das telhas, as flores começaram a se abrir. Dona Margarida e Seu Floriano colocavam todas sob um raio tímido de sol que apontava nos fundos da casa. A quentura deixava as flores felizes. Despertadas, iniciou-se a falação. Toda manhã Sálvia esperava esse momento para verificar o tom das cores. A luz declarava a percepção viva de suas peles e todas as suas estratégias estéticas se confirmavam. A imagem traz consigo nuances da alma. Quando uma flor é vista, ela existe. As cores são infinitamente mais bonitas quando vistas do que quando ditas nas palavras. Quando vemos uma cor na mente somos incapazes de transferir seu impacto através das palavras, das línguas. É mais fácil tornar verdade no cérebro o que falamos do que conseguir dizer com verdade a sensação que temos no cérebro. Talvez por isso, para Seu Floriano, era mais interessante viver no sonho.

Depois de deixar suas crias no raio de sol, Dona Margarida olhou para Sálvia iluminada e teve uma súbita lembrança do seu inseparável estojo de canetas, de cor púrpura, da época da escola. Sálvia tinha uma bonita pele púrpura nas suas centenas de florzinhas. Dona Margarida sentiu saudade dos carinhos que não teve. Imaginou a outra que ela poderia ter florescido quando se tem quentura na infância. Ela desejava ter sido várias. Os não abraços recebidos moldam os abraços dados. Dona Margarida procurava abraços em tudo que podia caber no lugar do pai que não tinha.

Existia um rapaz chamado Estramônio que mal Dona Margarida conhecia. Ele não abraçava ninguém e dizia que jovem não podia dizer coisa certa; só a ele Dinha ouvia. Ela tinha saudade mesmo era do não abraço do pai. Para ela, era assim que ela existia. Então, já que Estramônio não abraçava, ela o ouvia.

Estramônio era muito conhecido na cidade porque tinha um primo que morava no exterior; seu primo se chamava Cicuta. Os primos não acreditavam na coisa verde que estava dando lá em lugar longe, nos velhos. E por aquelas bandas remotas, gente de fora era gente chique. Gente sabida.

Quem já gostou de ciência já quis ser gente sabida. Dona Margarida já há muito não se interessava pelo interesse, pois era mais fácil assim. Agora ela podia saber alguma coisa sem chorar de vergonha, já que não ganhava abraços. Ouvia Estramônio e, dentro da sua apresentação de sabida, criava sua plateia. Estramônio falava muita mentira, isso muita gente sabia.

Dinha gostava de acreditar no invisível, redondo e que não dói; então, entre mentira e invisível nem tanta diferença assim fazia. A saudade de florescer o que não foi ficou de lado, achava que tinha a confirmação de ser realmente conhecedora de tudo, pois não via ninguém ficando verde ao seu lado. E para Seu Floriano tanto fazia, pois não sabia se sonhava ou agia, já que misturava coisa em outra.

Sálvia estava preocupada porque, ao contrário dos seres humanos, as falas deles ela ouvia. Certa vez dividiu um jardim com as crias de Estramônio, sabia que tudo naquele lugar fedia. Tudo ali vivia na apatia e submissão, sintomas da toxicidade do veneno de Estramônio. Alguns sofriam de delírios e amnésia. Só de lembrar do cheiro, até hoje Sálvia se arrepia.

– **Jasmim, Lírio! Estão acordados? Vem outra chuva por aí e preciso lhes dizer antes de me fechar** – disse Sálvia.

Lírio respondeu prontamente.

– **Estou acordado, quando penso demais minhas raízes se agitam e não consigo dormir.**

Jasmim esboçou alguma mínima reação distante. Estava cansada do medo que sentia. Algumas vezes preferia não acordar. Dormindo ela se fechava, preferia assim para não desbotar. Outras vezes dormia mesmo sem sono, sem repouso. Passava tempo, passava silêncio. Na abstração da noite entrava em negação. Toda manhã queria se abrir, ver suas cores. Imaginava uma escada saindo do seu peito em direção ao céu, queria espiar tudo o que pudesse do mundo, lá de cima! Pensava que mais perto do sol imprimiria melhor suas cores. Mas estava confusa, quando subia voltava para dentro. Todo caminho que fazia voltava para dentro de si. E dentro estava ficando escuro.

Sálvia continuou.

– Sei que Estramônio não gosta das flores, uma vez naquele jardim que morei vi uma amiga, a Espirradeira, ter overdose com o veneno que ela nem sabia que tinha. Estramônio cutucava suas sementes e folhas para fazer a Espirradeira acreditar no invisível. Só que a Espirradeira morreu... ficou sufocada de tanto inalar veneno...

– Não vejo a hora de amanhecer para que eu possa me certificar de que ainda tenho as minhas cores... – manifestou Jasmim, desanimada.

Lírio sentiu uma primeira gota de chuva e disse:

– Sinto muito pela Espirradeira, Sálvia. Preciso me fechar. Hei de parar de pensar e dormir.

Sálvia ficou um tempo ainda acordada olhando para o céu. Distraída com seus pensamentos, demorou-se a se fechar. As gotas vieram fortes, pesadas e geladas, Sálvia se fechou, mas ficou úmida e fria por dentro. Assim dormiu e amanheceu doente.

*Dizem que a memória reprimida se relaciona com um complexo do inconsciente.

Seu Floriano e Dona Margarida logo pela manhã viram Sálvia abalada. Sentiram falta das visitas da Menina e de todos que deixaram de passar por lá. As ruas estavam desertas e a falação das vizinhas era de que muita gente na cidade estava mesmo ficando com a coisa verde. O carteiro não passava mais, o Seu Espiga fechou o carrinho da pipoca, a Dona Linha não abria mais seu ponto de costura. Só o Estramônio fedia pela rua. Como era dono de vários comércios pela cidade, ele não gostava que as pessoas ficassem dentro de casa, ele sabia que as pessoas compravam tudo o que podiam e não podiam quando transitavam pelas ruas. Queria ficar rico como seu primo, o Cicuta! Estramônio e Cicuta não tinham gozo pela vida. Quanto mais pela vida dos outros. Só queriam dinheiro e mais dinheiro. Quando Estramônio andava pela rua, dava para sentir o seu fedor de dentro das casas. Dona Margarida sentia, mas não achava tão fedido. Achava bom porque confirmava que, tendo gente na rua, não era nada. Nunca era alguma coisa, e aí tudo podia.

– **Que será que nossa Sálvia tem, Floriano?** – perguntou Dona Margarida, alarmada.

– **Veja se ela está perdendo a cor, Margarida. Coloque-a no sol, Sálvia precisa de quentura. Você bem sabe!** – respondeu Seu Floriano, logo voltando para dentro de si... – **Dinha, você sabe onde está o controle da TV?**

Dona Margarida emudeceu, ficou parada após ouvir uma palavra. Quentura! Não entendeu por quê, mas estagnou na palavra.

Dizem que a memória reprimida se relaciona com um complexo do inconsciente. Ao cercear suas lembranças, Dona Margarida teve uma descarga emocional exagerada. Com dificuldade de elaborar o que lhe estava acontecendo, ela congelou. Depois de empacada, parada de frente para Sálvia, deu alguns passos para trás, com o controle remoto da TV na mão, se sentou e começou a chorar. De alguma maneira o medo que sentia encontrou espaço para nascer naquela palavra: "quentura". Quentura congelou Dona Margarida.

Congelou e derreteu. Sálvia não entendia como Dona Margarida não sentia o fedor de Estramônio vindo da rua. Estava ela sufocando o medo que era o responsável por identificar os maus cheiros.

– **Margarida?! Margarida?!** – repetia várias vezes Seu Floriano.

Sem resposta, todo estranhado Seu Floriano foi até ela.

– **Dinha, o que você tem, meu bem? Está gelada, derretida em lágrimas** – disse Seu Floriano.

– **Ainda não sei se já posso dizer coisa certa...** – respondeu Dona Margarida.

Seu Floriano não entendeu nada, se sentou ao lado dela e começou a abraçá-la. Naquele momento, Dinha não sabia onde estava. Chamou Seu Floriano de pai e apertou-o muito forte no abraço. Abraçava tanto que de supetão o controle remoto da TV caiu de sua mão e espatifou no chão. Como que saindo de um estado de transe, Dinha voltou a ser Dona Margarida. Despertou. No mesmo instante foi pegar os pedaços do controle remoto no chão. Seu Floriano sentiu-se vulnerável agora, sem poder desligar seus sonhos quando eles aparecessem na tela. Procurou algo prático para fazer e percebeu que as flores ainda estavam na sombra. Pegou suas crias e colocou-as no raio tímido de sol.

Às vezes, quando as flores pela manhã tomam sol, elas soltam hálito de sonho ao se abrirem. O sonho se condensa em música. No ar, a música impregna a alma de cor. Seu Floriano e Dona Margarida não conseguiam ouvir a música, mas os corações, que não podiam pensar, se encharcavam das cores.

– **Acho que quebrou de vez, Floriano!** – disse Dona Margarida.

Seu Floriano pensava: se ele não estava dormindo, ele estava na vida, na vida de vida, não de sonho?

– **Não! Acho que só vamos precisar comprar pilhas** – disse Dona Margarida.

Seu Floriano estava fora do ar, ouviu a palavra "pilhas" e continuava a pensar. Se ele tivesse pilhas ficaria acordado na vida. Na vida de vida ou na vida de sonho?

Havia alguns dias que Seu Floriano só vivia sonhos estranhos. Parecia até que ele tinha uma interferência na onda da sua rádio cerebral. Há quem acredite que quando os indivíduos estão juntos em perigo, sob a ameaça de algum medo comum, sonham de forma coletiva. O coletivo é comumente representado através de arquétipos, incorporados pela sociedade, conceitos primitivos inconscientemente sedimentados. Uma necessidade conjunta de criar convenções sobre temas e assuntos do mesmo tipo. Nascimento, vida e morte. Bem e mal. Certo e errado. A água, o fogo, o céu e a terra. Seu Floriano ficava em êxtase com as definições criadas em conjunto. Tornava-se alimento contínuo para sua personalidade, nomeava todos os seus deuses e diabos em cada momento da vida. Na vida (de vida).

*O coração é uma criança que ainda não sabe ouvir e falar, mas sente.

Tentando fazer o controle remoto da TV funcionar, Dona Margarida encontrava um subterfúgio, um pretexto para fugir de forma ardilosa da dificuldade que sentia em colocar seu coração no modo vagaroso. O coração é uma criança que ainda não sabe ouvir e falar, mas sente. Sente e reage. Como criança não pode dizer coisa certa, o melhor que fazia era sufocar o coração. Quem tem o coração vivo tem medo. E se não fosse o medo, a gente não existiria. O medo tão vilão, coitado. Mas é ele que nos protege dos perigos reais da vida. É certo que tem gente viciada em ter em seu medo um protagonista. Quando não é descabido, o medo também pode ser bonito. O medo não cria subterfúgios, ele olha de frente para uma tragédia. Por isso o medo acreditava na doença de coisa verde que dava em velhos, mas o coração sufocado de Dona Margarida não entendia. Perceber a realidade era trágico, aceitar era incômodo. Incômodo demais para o seu ego. Explorada pela vaidade, pelo orgulho ou pelo invisível, que é redondo e não dói, já estava muito pesada. Só o orgulho doloroso já era bem difícil de carregar.

– **Onde se guardam as cores quando ninguém está vendo elas?** – perguntou Lírio para Sálvia.

Um grito acompanhado de choro se ouviu vindo de uma vizinha. Depois, sirene de ambulância. Em poucos instantes, a Abelha Gigante chegava voando muito rápido até Sálvia.

Na natureza, as sálvias são plantas atraentes para as abelhas, que adoram flores exóticas. As abelhas conseguem penetrar na floresta de cada flor. Assim fazia a Abelha Gigante em todos naquele jardim. Lírio descobria uma floresta dentro de si. Uma floresta velha dentro da flor esbelta e jovem. Sempre teve medo de arrebentar de alegria. No escuro triste havia uma facilidade em não existir. Toda flor tem uma floresta correndo em sua seiva, na seiva bruta e na seiva elaborada. As abelhas são grandes responsáveis pela manutenção das florestas; elas levam e trazem os conhecimentos, são muito interessadas na história da vida. Por natureza, as abelhas têm o hábito de compartilhar de maneira justa as coisas do mundo. Conseguem identificar a seiva de cada flor e lhes dar a energia de que elas precisam. Também recebem elas a energia das flores, e assim todo fruto é construído. A construção do amor. No caso das abelhas gigantes, elas são muito dóceis para compartilhar seu conhecimento, mas também agressivas quando se trata de sobrevivência ou proteção dos menos favorecidos. Seu senso de justiça transcende há milênios, inabalado pela missão da sua espécie. Os seres humanos são cegamente dependentes do fruto, das flores, das abelhas e do amor, mas desconhecem suas necessidades e participação na manutenção dos frutos.

– **Vou até a lojinha do Estramônio comprar pilhas, Margarida!** – disse Seu Floriano.

Ao ouvir Seu Floriano, imediatamente a Abelha Gigante começou a rondá-lo tentando picar. Ele se abanava para espantar a abelha, que nunca tinha feito isso antes.

– **Devo estar com cheiro doce para essa abelha vir assim com tudo para cima de mim** – dizia Seu Floriano.

Girava, girava e por toda parte a abelha atazanava. Depois de muito azucrinar, a Abelha Gigante levou uma bofetada no ar e perdeu o fôlego. Finalmente Seu Floriano se livrara dela. Conseguiu sair.

*Até os porcos se enojam com o que é perverso.

No começo do caminho, Seu Floriano não reparou que tudo na rua estava diferente. Aos poucos, mesmo distraído, não teve como não notar. As ruas estavam vazias, quase tudo estava fechado. As poucas pessoas que via no caminho estavam esquisitas, andando rápido e com panos cobrindo o rosto. Da pequena parte que conseguia enxergar das faces cobertas, percebeu que tinha gente muito pálida na rua, uma palidez que ainda não tinha visto na vida. Algumas casas estavam descascando e outras completamente sem cor. Só as poucas vendas de comida e a lojinha de importados de Estramônio estavam abertas.

Seu Floriano chegou à lojinha, e lá parecia tudo muito normal. Estramônio desde sempre não tinha cor, era quase verde de natureza. Tinha jeito de doente a vida toda. Não tomava sol. Ele não! Não gostava de quentura. Ele não! Como só pensava em dinheiro, vivia gelado. Ao contrário de todos os outros, Estramônio não tinha o rosto coberto com pano. Ria de tudo e cuspia no chão. Sempre truculento com os funcionários, se sentia o maioral por ter primo no exterior.

– **Estão chegando mais mercadorias de fora, melhor passar aqui na loja todo dia para não ficar sem as novidades. Não vai querer ficar Jacu como esse povo pobre daqui, não é?** – disse Estramônio para Seu Floriano.

– **Melhor que eu fique na minha casa. Estou percebendo a rua vazia, as pessoas parecem doentes** – respondeu Seu Floriano.

– **E daí? Isso não é nada, morre gente todo dia. Esse negócio verde dá e passa. Eu tenho veneno que mata a coisa verde, não estou nem aí** – disse Estramônio.

Até os porcos se enojam com o que é perverso. Estramônio não! Ele não! Estramônio sentia prazer com o sofrimento alheio. Estava em festa. Desde criança adorava cutucar as flores para vê-las morrendo com o próprio veneno, como fez com a Espirradeira.

Veneno costuma matar mesmo, pensou Seu Floriano, *mata tudo, até quem toma*. Sem querer muita conversa, calou-se, deixou para lá. Na hora de pagar as pilhas, Seu Floriano sentiu o fedor. Na saída desviou de um tomate podre que jogaram na direção de Estramônio e ficou assustado com a cena. Uma pessoa havia passado correndo arremessando o tomate e xingando muito o fedido morto-vivo Estramônio. Seu Floriano começou a ter o coração acelerado, pois percebeu a hostilidade na rua. Na volta para casa andou muito depressa. As casas que estavam descascando agora começavam a ficar sem cor, e as que antes não tinham cor já estavam totalmente verdes. Virando uma esquina, ouviu sirenes e mais sirenes ao longe. Ele correu para casa. Quando chegou, narrou tudo para Dona Margarida e se abraçaram forte! Foi tomar um banho, pois o fedor de Estramônio não saía de sua cabeça.

*Uma queda de si dentro de si, a alma em redemoinho na direção do seu umbigo.

De noitinha antes de dormir, Seu Floriano se sentiu fraco e começou a espirrar. Na manhã seguinte também fraca se sentia Dona Margarida. Nem ficaram levando as flores para lá e para cá. Pensavam que a virada de tempo, aquela ventania, havia lhes provocado alguma alergia. Seguiram o dia como podiam, tomaram sopa e repousaram. Seu Floriano começou a ficar sem cor. Uma espécie de febre ao contrário se instalava no seu corpo; ao invés de quentura, gelo. Tinha sono, mas não queria dormir. Sempre dormiu na vida para viver de sonho sabendo que depois do sonho podia acordar. Mas aquele sono do gelo da febre não lhe oferecia essa certeza, acordar. Seu Floriano não queria largar de lado a saudade do que não foi para dormir algum tipo de sono profundo.

Durante a vida cultivamos na mente uma mentira: ilogicamente agimos como se fôssemos imortais. Por isso conseguimos viver tranquilos, esquecemos forçosamente nossa finitude. Quando uma doença se abate, o relógio das certezas doídas badala na mente espantando as mentiras coletivas. Uma badalada forte. Seu Floriano sentiu o gelo, um vento forte e rápido no vazio do estômago. Uma queda de si dentro de si, a alma em redemoinho na direção do seu umbigo.

– **Estou na vida, meus olhos estão abertos e meu coração é um poço velho. Não sei se me visto de tristeza ou de alegria. Sei que não tenho mais obrigações e me falta o ar quando não vejo minhas cores...** – murmurou Seu Floriano.
– **Meu bem, descanse um pouco a cabeça, não está falando coisa com coisa. Precisa se acalmar** – disse Dona Margarida.

Dona Margarida externamente demonstrava toda a calma em vida para Seu Floriano, mas a verdade é que por dentro se desesperava com a falta de cor do marido. A coisa verde tinha chegado até eles, viu que o invisível não podia responder ao que estava acontecendo. Tirou o travesseiro de dentro do seu coração sufocado e deixou que ele, vivo, sentisse medo. De uma maneira estranha, Dona Margarida sentia que existia. O coração vivo lhe trazia à realidade, era como uma operação contra a cegueira; estava ela antes maravilhada pelo que não conseguia ver. Tudo que antes ela havia pensado não passava de obediência ao ego. Representações das ideias e propósitos do desconhecido ao qual, recusando a lógica, ela vivia sem existir. O coração parecia saltar do peito, coração que não pode falar. O de Dona Margarida berrava! Talvez o exercício mais difícil na mente de Dona Margarida fosse o de admitir que não podia ter todas as respostas. Admitir que ela existia desde a época em que achava que não podia falar coisa certa. Entender que não se pode ter a segurança da certeza em tudo. Por isso era inevitável a tomada de consciência para poder ver a realidade e aceitar. Aceitar o que foi e o que não foi. Aceitar a perfeição do imperfeito. Olhar de frente para uma tragédia sem o falso gozo do aplauso da negação. Viver na consciência, aquela que é reta, aguda, estridente e dá medo de cair.

Viver na consciência não permite viver só a vida de sonho, vida que não vive, mas que dorme. Isso Seu Floriano naquele momento também percebia. Deixava de ser um viajante sonolento quando se deu conta de que existia. Queria encontrar suas cores. Parecia agir como alguém que perdeu a memória. Procurava onde é que tinha guardado as lembranças para entender como é que chegou até ali. A consciência dava a ideia de que tinha sido outro que ele mesmo desconhecia. Sentiu um peso real diferente daquele de quando dormia. Na firmeza da vida (de vida) deixou de ser fictício, respirou a verdade e se expirou natural. Agora já tinha pilhas para desligar a TV, pegou o controle remoto e olhou suas mãos, estavam ficando esverdeadas. No momento em que desligou a TV ouviu o som da campainha tocar. Aquele som surgiu repentino como um chamado, algo que lhes tirou da imersão de suas descobertas.

*Como em uma língua de outra espécie, os corações e as músicas conversam harmonicamente.

No portão da casa estava a Menina. Ela que gostava de ciência e de visitar as flores. Estava toda esbaforida, cansada, com parte do rosto tampado com um pano. O vento que havia começado na sua última visita havia corrido mais rápido que a Menina, mas ela não parou de correr desde aquele dia. Correu distâncias e tempos, dias e noites; em alguns momentos, o vento fazia curvas baixas e dava tréguas. Ela então aproveitava para alcançá-lo. E como quem chegava do futuro, a Menina voltou com as cartas que haviam voado da mureta da casa de Dona Margarida e Seu Floriano; em mãos. As cartas haviam pousado no tempo à frente, e agora a Menina as trazia de volta modificadas e cheias de cores.

– **Seu Floriano, Dona Margarida! Sou eu, voltei com suas cartas, abram, por favor! Muita coisa mudou no mundo, e muita gente se uniu para tentar vencer a coisa verde. Passei por diversos lugares... É uma tragédia... Todos estão trabalhando duro. Vou deixar as cartas perto das flores, não esqueçam de colocar as flores na quentura, abram suas cartas com cuidado. Logo a escola vai voltar e virei visitá-los com frequência de novo. E quando isso acontecer teremos vencido a coisa verde.**

Do portão, a Menina que não tinha idade para dizer coisa certa, coisa certa dizia.

Seu Floriano e Dona Margarida bem devagarinho pegaram as cartas e as flores e foram para o quintal no raio tímido de sol. As flores estavam murchas, mal abriam de tanta tristeza. Com o sol começaram a despertar e se agitar. Seu Floriano e Dona Margarida abriram cada um uma das cartas com cuidado, mas não viram nada dentro delas. Ficaram intrigados olhando bem profundamente dentro do envelope. Para eles não havia nada ali, mas para as flores um som alto e potente emanava das cartas. Uma música linda que nunca tinham ouvido antes.

Poderosa a arte da música, repleta de ondas sonoras, trabalhando intensamente na sua propagação de energia. Deslocamento de partículas, micropartículas que se repousam no cérebro sacudindo nossas ilhas de diferentes emoções. Velocidade. A música regula e anima. A música... analgesia, alegria, relaxamento, tristeza, prazer, harmonia, sorriso, lágrima, nostalgia, euforia, olhares, sentidos, viagem, vida. Amor! Capaz de agitar um coração vagaroso ou acalmar um coração descontrolado. Sintonia equilibrada. Os corações não podem falar, mas sentem. Sentem e reagem. Como em uma língua de outra espécie, os corações e as músicas conversam harmonicamente.

Sálvia sabia que, para ouvir algumas músicas, era preciso condensá-las no ar. Assim como as flores, Seu Floriano e Dona Margarida precisavam condensar suas músicas, transpirando com quentura, para fazer voltar suas cores na pele. Sálvia rapidamente conversou com a Abelha Gigante, que, olhando toda a situação, deu um zumbido alto e chamou todas as colegas que estavam nos jardins das redondezas. Um enxame invadiu o quintal, as abelhas rondavam Dona Margarida e Seu Floriano. Eles estavam fixados na luz do sol, nas flores, nas cartas e agora também naquela massa que as abelhas formavam no ar. Ficaram agitados, girando seus corpos debaixo do sol enquanto o enxame os rondava e deixaram cair as cartas no raio tímido de sol. Seus movimentos para se livrar das abelhas faziam com que aos poucos, mesmo enfraquecidos, dançassem levemente. Saíam da sombra!

Dona Margarida e Seu Floriano dançavam muito quando jovens. Dançando sempre se sentiram existindo. Quando dançamos não somos acertos nem erros. Somos pessoas existindo. Somos música em forma de corpo. Se olharmos fixamente para as flores, veremos que elas nunca param de dançar.

Sálvia, Jasmim e Lírio estavam à flor da pele. Os sentimentos brotavam no suor de suas pétalas. Suas florestas internas recebiam luz e emanavam pureza no ar. Em alguns segundos iniciou-se a música que, agora sim, Dona Margarida e Seu Floriano também podiam ouvir. Absolutamente surpresos com a música, se olharam com olhos de sorriso e dançaram envoltos pelas abelhas. Um sonho real. Sabiam que poderiam morrer ali mesmo com tanta gastura, mas, ao contrário, estavam energizados com a dança que as cartas do futuro junto de seu jardim lhes proporcionaram. Estavam condensando suas partículas sonoras, alimentando suas almas. A dança virava quentura, derretia o gelo da coisa verde, lhes devolvia as cores.

Fim.

Chico era Chico

1.

—Você viu?!?! Hahaha...

—Huahuahua...

—Pai do céu!

—¿Has visto? Jajajaja...

—Xaxaxaxa...

—봤어? kkkkkkkk

—Ele pensa que tá na onde?

—哈哈哈哈哈哈

—As-tu vu? Héhéhéhé...

—Pauvre homme!

—Hihihihi...

—Did you see? hHehehe...

—Che assurdo! Ahahah...

—O que ocês tão me oiando? Me gozano? Me dexa em paiz!!!

—Schau auf seinen Fuß! Haehaehae...

—Verdade, o pé dele!!! Credo!

— 彼らはミミズですか？ Wwwww...

— Que nojo, são sim minhocas!!

— Ô meu Deus, meu pé! O que tá contecendo com eu?

A rrancou afora pela estrada de chão batido, correu, correu e correu... correu muito. Chico percebeu que os seus pés estavam descalços. *Em preno baile?!* E não bastasse essa vergonha, as minhocas. Dezenas delas brotavam de seus dedos. Na corrida as minhocas caíam pelo caminho. *Pelo meno isso.* A cada respiração atropelada de Chico, uma das tantas risadas de chacota ecoava em sua cabeça. Ele corria, mas não chegava. Quanto mais corria, mais minhocas deixava para trás. Cansa deixar minhocas para trás. Exaurido, topou com o dedão do pé em uma pedra, caiu e bateu com a cabeça no chão.

Rapidamente se despiu da coberta, e estapeando os pés pôde ver que eles estavam intactos, cascudos e sujos, como sempre, mas nada de minhocas. Não tinha baile, não tinha pé no chão, não tinha vozes, não tinha nada. No entanto, era impossível voltar a dormir, a sensação de vergonha sobre os pés descalços no salão — extrema. Não pregou mais os olhos. *O que era aquela gentarada toda, Jesus Cristinho? Nunca vi tanto povaréu diferente, tanta fala das estranha. Marditas minhocas! Um dia vou ter sapatos, ocês vão ver!*

2.

❝

Minhoca
substantivo feminino

1. ZOOLOGIA
design. comum aos animais anelídeos, da classe dos oligoquetas, esp. os de hábitos terrestres, os quais são cavadores incessantes de túneis e galerias e apresentam colorido cinzento ou róseo; bichoca, isca [Além de importante item alimentar na dieta de uma infinidade de animais, é largamente us. como isca para pesca.].

2. HERPETOLOGIA
m.q. *COBRA-CEGA* ('réptil').

3. INFORMAL
o pênis.

4. LUD
a menor sequência no pôquer, em que a última carta decrescente é o ás.

5. indivíduo nativo e morador de um lugar, o que não é estrangeiro, turista etc.

6. crendices, superstições (a babá botava m. na cabeça das crianças).

7. ideias absurdas, tolas; bobagens (segundo sua mãe, ele só tem m. na cabeça). **"**

Extraído de: Antônio Houaiss e Mauro de Salles Villar. *Dicionário Houaiss de língua portuguesa*, Editora Objetiva, 2009. p. 1294.

3.

Em Moonville não se pode ter sapatos country de couro sem que se tenha, no mínimo, uma pequena propriedade com pelo menos uma cabeça de gado. Por lei é proibido adquirir ou usar tal sapato sem as devidas comprovações de posse exigidas. Os cidadãos que vierem a desacatar tal medida ficam passíveis de prisão perpétua. Chico almeja aquele direito mais que tudo em sua vida. Não aparece no baile, pois não tem sapatos e se esconde de vergonha. Experimentar a dança não transpassa de seus sonhos. Ele não dança, mas transpira. Na fase de seu sono mais que profundo, aquela fase em que os olhos estão agitados e o cérebro está em atividade total. Aquela! Aquela dos sonhos hipervívidos. Chico corriqueiramente fantasia sua ida ao tão desejado salão. Nesses momentos com o coração acelerado, acorda e sente ter vivido de verdade a sonhada experiência. Filho de pai que não existe e de mãe que não tem. Chico não tem propriedades, vive de favor sendo caseiro nas terras de Sinhô.

4.

> Andar de sapatos é tomar posse da terra, observa Jean Servier, em *Les Portes de L'Année*. Para apoiar essa interpretação, o sociólogo cita exemplos tirados da Grécia e do Oriente Antigo, assim como do norte da África. Ele lembra uma passagem da Bíblia: "Ora, antigamente era costume em Israel, em caso de resgate ou de permuta, para validar o negócio, um tirar a sandália e entregá-la ao outro" (*Ruth*, 4, 7-8). Os exegetas da *Bíblia de Jerusalém* observam, efetivamente, a esse respeito: *Aqui, o gesto sanciona [...] um contrato de troca. Pôr o pé ou jogar a sandália num campo significa tomar posse dele. Assim, o calçado torna-se o símbolo do direito de propriedade. Ao tirar-lhe ou devolver-lhe o calçado, o proprietário transmite ao comprador esse direito.*
>
> Jean também observa que Hermes, "protetor dos limites e dos viajantes que ultrapassam os limites, é um deus calçado, mostrando, com esse gesto, que não tem nenhuma ideia de reivindicação, nenhum direito de propriedade; o chão de mesquita e dos santuários não pertence aos homens e por isso esses têm de se descalçar antes de entrar" (p. 124s).

Extraído de: Jean Chevalier e Alain Gheerbrent. *Dicionário de símbolos: Mitos, sonhos, costumes, gestos, formas, figuras, cores, números*, Editora José Olympio, 2020. p. 880.

5.

Nascia Lua Crescente, uma bezerrinha branca (ou será preta?) com uma bela estrutura promissora às vistas de seus criadores. Uma mina de leite. A vaquinha sequer espera pelo seu futuro já traçado. Agarrada à mãe e ao irmão, em suas primeiras semanas de vida, aprendia a andar, pastar, ruminar e chacoalhar o rabo para espantar moscas. Minguante, seu irmão um ano mais velho, não ofereceu a mesma sorte para os seus criadores. Macho franzino, obviamente sem produção de leite e sem corpo para grandes cortes, quiçá servirá bem a uma mediana peça de couro.

6.

" A representação do símbolo que associa a vaca à Lua, ao Chifre e à abundância é ainda mais exata na Suméria (atual Iraque e Kuwait), onde a lua é decorada com dois chifres de vaca, enquanto a vaca é representada como uma Lua crescente. A noite estrelada é "dominada pelo Touro prestigioso, cuja Vaca fecunda é a Lua Cheia e cuja manada é a Via Láctea". Em certos lugares, parece que os sumerianos conceberam a imagem curiosa de um reflexo de lua assimilando a um jato de leite da Vaca lunar:

> *A brancura da Vaca, um raio de Lua que sobe;*
> *O sorriso do céu desatou as correias*
> *Das vacas multiplicadas nos estábulos multiplicados;*
> *Sobre a mesa ele faz fluir o leite da Vaca fecunda...*
> (M. Lambert, Soul, p. 79-81.) "

Extraído de: Jean Chevalier e Alain Gheerbrent. *Dicionário de símbolos: Mitos, sonhos, costumes, gestos, formas, figuras, cores, números*, Editora José Olympio, 2020. p. 1011.

7.

— O meu Jesus Cristinho, num tô pedino nada de graça, não, mai pá eu consegui trabaiá mai hora, tem que tê mai hora no dia. Faz de conta que ocê sou eu, como é que é que o Sinhô fazia? Já me ensinaram a pescá, num tô quereno ganha o pexe na sombra, mai o pexe eu vendo barato demai, que senão o outro Sinhô lá num compra. Como é que fai meu paizinho do cér? Só entre nói doi aqui memo, eu num conto essa prosa pá ninguém não, juro juradinho pro Sinhô. Ó! Se o Sinhô tivé de acordo, põe mai hora no dia, mai põe de dia, faz favor, de noite não, que é de dia que dá pá pescá mai.

Os dias não se transformaram para ter mais horas, claro, mas Chico deu um jeito de fazer ter. Afinal, para que acordar com as galinhas se é *possívi* acordar antes delas? *Recramá* ele sabia que não adiantava, então o jeito era pegar na labuta ainda mais cedo. Estava juntando toda migalha que podia. Chico *carcula*, com toda sua esperteza do mundo, que se ele juntar bem juntado cada sobrinha (fruto da falta) ele consegue um dia ter um pedaço de chão com uma vaquinha e tudo de *paper* bem passado. Ser dono (faz favor, dono e!

proprietário) de uma tripinha de chão seria o seu passaporte para descortinar as portas daquele bailão com a completa brilhosa pompa de seu esperado sapato de couro. A fantasia está posta, falta saber se o brejeiro faz noção da soma desse conjunto de bens. Falta saber quantas traíras pixunas são necessárias para comprar um terreno, as paredes e uma vaca.

8.

"

FANTASIA ou FANTASMA

= D.: Phantasie. - F.: fantasme - En.: fantasy ou phantasy. - Es.: fantasia. - I.: fantasia ou fantasma.

E ncenação imaginária em que o indivíduo está presente e que figura, de modo mais ou menos deformado pelos processos defensivos, a realização de um desejo e, em última análise, de um desejo inconsciente.

O fantasma ou fantasia apresenta-se sob diversas modalidades: fantasias conscientes ou sonhos diurnos; fantasias inconscientes tais como a análise às revela como estruturas subjacentes a um conteúdo manifesto; protofantasias (protofantasmas).

II. Os termos *fantasmas*, *fantasmático*, não podem deixar de evocar a oposição entre imaginação e realidade (percepção). Se fizermos desta oposição uma referência principal da psicanálise, somos levados a definir o fantasma (fantasia) como uma produção puramente ilusória que não resistiria a uma apreensão correcta do real. Nas *Formulações sobre os dois Princípios do Funcionamento Psíquico*

(*Formulierungen* über *die zwe Prinzipen des psychischen Geschehens, 1911*), Freud opõe ao mundo interior, que tende para a satisfação pela ilusão, um mundo exterior que impõe progressivamente ao indivíduo, por intermédio do sistema perceptivo, o princípio de realidade. **"**

Extraído de: Jean Laplanche e Jean-Bertrand Pontalis. *Vocabulário da psicanálise*, 1998. p. 228.

9.

Vontade mesmo ele tem é de ser poeta.

Vô escrevê um poema sem fim (ou é poesia?). Já sei!

Poemia do Chico

do manhecer com os cantar dos galo dizeno que é um novo dia

inté noitecer com as olhuda as coruja noturna
dizeno que é pá ocê dormi

galo coruja e pirilampo meu sertão do vale do paraíba

minha casinha de taipa onde mora a alegria
junto com a felicidade

aqui farta nada a natureza a cér aberto seje dia seje noite
é uma sinfonia

as rã se namorano os sapo procurano um lugar mió
pra ver a luiz da lua

meu cachorro dorme num precisa ficar atento acordado
pra nos vigiá

tudo é paiz sábia é a natureza preserva tudo dentro
de um cantinho chamado coração

a alegria num tem fim aqui vive gente humirde
que nem o orváio que cai à noite

pra enfeitá os verde campo do nosso espaço nosso universo

sem tomá conhecimento do que vive lá fora
aqui é o puro verde puro ar

aqui é vida!

fim.

Adaptação livre de mensagens trocadas entre a autora e seu pai.

10.

"Fiquei petrificada", diz fotógrafa que fez imagem de menino sírio morto

AVISO: A IMAGEM É FORTE

Policial paramilitar recolhe o corpo de uma criança morta que apareceu em praia da ilha de Kos, na Grécia. Vários migrantes morreram afogados e alguns seguem desaparecidos após botes lotados naufragarem durante tentativa de chegar ao território grego (Foto: AP/DHA)

❝

Naquele momento, quando vi Aylan Kurdi, eu fiquei petrificada, contou Nilüfer Demir, que cobre a crise migratória em Bodrum para a agência de notícias Dogan. *Ele estava deitado de barriga para baixo sem vida na areia, de camiseta vermelha e com seu short azul escuro. A única coisa que eu poderia fazer era tornar seu clamor ouvido. Naquele momento, eu pensei que poderia fazer isso ao acionar minha câmera e fazer sua foto*, contou a fotógrafa.

> *Foto de criança morta em praia na Turquia virou símbolo de crise migratória. Irmão e mãe de menino também morreram em naufrágio.*

O primeiro-ministro da França, Manuel Valls, disse que a morte do menino sírio mostra a necessidade de ação urgente da Europa na crise migratória. "Ele tinha um nome: Alyan Kurdi. Ação urgente é necessária — uma mobilização da Europa inteira é urgente", escreveu Valls em sua conta no Twitter nesta quinta-feira. A foto virou um dos assuntos mais comentados no Twitter e diversos veículos da imprensa internacional o destacaram como emblemática da gravidade da situação, até mesmo com potencial para ser um divisor de águas na política europeia para os imigrantes. Na quarta-feira, Itália, França e Alemanha assinaram um documento conjunto pedindo pela revisão das atuais regras da União Europeia sobre garantia de asilo e uma distribuição "justa" de imigrantes no bloco, informou o Ministério das Relações Exteriores da Itália.

333 Comentários

Os comentários são de responsabilidade exclusiva de seus autores e não representam a opinião deste site. Se achar algo que viole os termos de uso, denuncie. Leia as perguntas mais frequentes para saber o que é impróprio ou ilegal.

@Fulano
essa criança foi morta pela ignorância religiosa, os conflitos étnicos, os seres humanos continuam cegos e presos nas suas crenças

> #### @Beltrana
> ## Um troféu pra esse cara pfv

>> ##### @Cicrano
>> kkkkkkkkk Ce ta dmais BELTRANA

@Metano
para a europa parar de sofrer com o êxodo,
tem que botar a otan pra funcionar e
expulsar o estado islamico da síria e iraque

> ###### @Terrano
> Exatamente!

> ### @Metano
> ## mandamos a quadrilha petista pra lá então

@Hidrojano
Solução: Abolição das fronteiras, dos países e consequentemente dos exércitos.
O mundo ser um só, sem divisão em Estados.

@Beltrana
Não cara, melhor você ir se informar...

@Protana
Essa imagem não sai da minha cabeça meu Deus.

@Ozano
Não e tão forte, tem coisa Pior na Deep Web, esse Anjinho Turco tá no céu com Jesus Cristo.

@Armariana
Enquanto isso, no Brasil, vivemos uma ditadura gay, é propaganda homofetiva na TV, é desrespeito contra nós cristãos nas pseudos "paradas gays", é cota pra travesti... Abaixo essa ditadura maligna gay.

@Corrosivano
Fiquei petrificada!! Mas tive cabeça pra pegar a câmera e tirar umas fotos bem chocantes pra conseguir leitores e likes de Facebook!

@Revoltano
cd esse deus que o povo tanto chama . porque nao faz nada.

@Alcana
É a profissão dela seu coco de galinha.

@Titana
Pronto, agora os gays são culpados de tudo!

@Urana
havia a necessidade das fotos pq só assim para muitos cairem na real dq está acontecendo fora de seus apt de classe coxinha!!!...

@Corrosivano
URANA, peteba pão com mortadela. Sou coxinha com muito orgulho.

@Bromano
URANA pereba kkkkk

@Pensano
Então esse deus precisa descer da cruz e dar um jeito nisso daqui

@Nitrona
Se ela não tivesse feito as fotos vc não estaria aqui comentando, e ninguém saberia dessa tragédia, não culpe o trabalho da jornalista

@Etano
e nem tua alma tem salvação pelo jeito URANA, o que pensas é o que és, e pelo jeito é mais uma fazendo peso na terra....

@Carbono
O mar devolveu a oferenda

@Fosfano
URANA mortadela com 30 reais.

@Lutano
pessoas assim só querem chamar a atenção. Não vale a pena nem o deslike...tá dado o recado.

@Noralana
Nesse momento não sei explicar a tamanha angústia de ver essa criança na praia, e de imaginar o desespero do pai que perdeu toda a sua família em busca de vida melhor para seus filhos e tem um miserável que faz um comentário desses, é lamentável.

@Plutono
Posso bem que verificar o ip desse louco e ver se fala isso na cara de cada um aqui .

@Rezana
Meu Deus, o que está acontecendo com a humanidade? Só existe guerras, pessoas tirando proveito dos trabalhadores, quem está no poder político só querendo mais, tenho pena da nossa geração e da geração futura, só nós resta pedir misericórdia a Deus.

@Tentano
O comentário desse verme foi completamente desnecessário e podre...

@Pirano
O MUNDO ESTÁ DOENTE :(
„

@Gaiano
eu acho que a cura é zeus ou poseidon mas to na duvida de qual deus escolher

---

Texto e comentários originais extraídos de http://g1.globo.com/mundo/noticia/2015/09/fiquei-petrificada-diz-fotografa-que-fez-imagem-de-menino-sirio-morto.html

11.

"A vaca é conhecida tipicamente como um grande animal mamífero, mas não é só. A vaca, assim como outros animais, é ruminante. Os animais ruminantes apresentam um processo digestivo totalmente diferente do nosso e que é formado por quatro estômagos, o rúmen, o retículo, o omaso e o abomaso. Nos dois primeiros é onde o processo digestivo se concentra massivamente. Há em ambos uma grande quantidade de bactérias, fungos e protozoários que auxiliam diretamente no processo digestivo. No omaso há a absorção de vitaminas e minerais além de ácidos graxos. No abomaso há a absorção de substâncias mais pesadas e a excreção de outras. Mas por que o processo digestivo da vaca é tão importante assim quando pensamos no seu porte? O processo digestivo da vaca, dividido em seus quatro estômagos, permite a esse animal retirar uma quantidade muito grande de vitaminas, minerais e energia de uma alimentação essencialmente pobre. As vacas são animais herbívoros, ou seja, que se alimentam pura e exclusivamente de vegetais, e a sua alimentação consiste basicamente em feno, grama e ração. Um animal de grande porte pode chegar a consumir mais de quarenta quilos de alimento por dia. A vaca, como animal ruminante, passa boa parte do seu dia cuidando da sua alimentação. Para se ter uma ideia, a vaca pode passar mais de seis horas do seu dia comendo e outras oito horas regurgitando o que foi consumido ao longo do dia. O processo de regurgitar o alimento talvez seja a característica mais conhecida da vaca. O nome ruminante vem justamente por conta dessa característica. A princípio, a vaca engole o seu alimento diretamente, sem nenhum processo de mastigação. O alimento vai para uma das cavidades do estômago. Horas depois, o mesmo alimento consumido inicialmente volta à boca do animal, no ato de regurgitação e ele o mastiga. É como se durante o dia a vaca fizesse um tipo de estoque de alimentos para digerir ao longo de toda a sua noite. "

Extraído de: https://www.portaldosanimais.com.br/curiosidades/tamanho-da--vaca-peso-e-altura/

12.

Lua adora ouvir o coaxar dos sapos durante a noite. A vaquinha sempre diz para o irmão que o som a ajuda a relaxar. Deve ser porque o coaxar dos sapos se repete criando uma espécie de cadência, a coisa ritmada, o eco do eco; vira uma música instrumental e coloca a respiração da Lua nos trilhos. Serve para acalmar seu coração. Ela já está com onze meses de idade, está prestes a virar novilha e esse tema anda tirando o seu sono. Vacas adultas dormem pouco, de três a cinco horas por noite, é de sua natureza, mas a novinha está (ou estaria) no tempo de dormir bem. Não fosse seu dissabor mental, oriundo de uma lembrança feito a conta-gotas, pingando em sua testa a cada minuto, *Lua, você vai entrar no cio (plim)... Em breve você vai entrar no cio (plim)... No cio, Lua (plim), já, já! (plim)... (plim)... (plim)...* Lua já sabe o que vai acontecer com ela quando esse tempo chegar. É preciso parir uma cria para dar leite. Daqui um ano Lua vai parir, serão quatro tetas a mais na fabricação de leite. Seu bezerro vai mamar primeiro para beber o colostro e garantir que seja forte e não tenha doenças de recém-nascido. Depois de poucas semanas, vão dizer que ele é esganado e o tirarão das tetas. Afinal, o bezerro não pode ocupar 25% da rica fonte branca de sua mãe. Lua não sabe disso, apesar de pensar todos os cenários possíveis para seu destino, ainda não pegou idade suficiente para perceber alguns detalhes do pós-parto e do desmame antecipado. Vai ver por isso seu irmão, Minguante, ficou franzino; os bezerros devem engordar no pasto, não nas tetas. Nem todo vitelo tem apetite para ficar mascando e ruminando e ruminando e mascando e regurgitando e mascando e ruminando e regurgitando e estocando e pastando e ruminando e mascando e mascando e mascando. Faz todo sentido, Lua Crescente, vaquinha corpulenta. Irmã de Minguante, o mirradinho.

Os sapos têm uma carinha tão bonitinha, parece que estão sorrindo o tempo todo um sorriso largo cheio de boca. São coloridos, livres e cantarolantes. Ouvir uma sinfonia de sapos debaixo do tecido estelar é para Lua o mesmo que estar em uma festa, uma espécie de *rave* da natureza, vem um coaxar junto de outro, e de outro. Um entra em um tempo e outro no tempo do outro, vem um no contratempo e outro no compasso do tempo, um vem, outro vai, um de um tom, outro de outro, e outro de outro e de outro. O coaxar na mente a mente no coaxar, o som vai entrando e entrando e entrando... Os brilhos do céu iluminam, o vento vibra, Lua está em transe. Além disso, e não menos importante, os saltitantes ingerem o equivalente a três xícaras de chá de moscas por dia. Dá para imaginar o quanto Lua tem afeição pelos papudos? Um alívio, um sossego para o rabo dela quando os coleguinhas dos dedos abertos estão por perto. E ainda há quem jogue sal nos sapos. Ao nascerem, os bichinhos possuem uma calda em vez de pernas. Poucos seres são capazes de tamanha metamorfose, passam de girinos silenciosos com calda para puladores cantantes com pernas. Como faz bem crescer. Toda adolescente já desejou ser alguém diferente. Às vezes, Lua pensava que podia ter vindo como uma sapinha à Terra.

13.

— Pai nosso que estái no cér, desce só um pouquinho pá fala cusotros. Santeficado seja o vosso nome, vem a nói na nossa roça, fai um poquinho a vontade das gente. Pelo menos na Terra, e fica com o cér. O pão nosso de cada dia nos dái hoje. Perdoai nossas fáia, assim que nem nói perdoa quem fáia com a gente. Não deixa nói cai na tentação, mai deixa nói tomá um pouquinho de mer. Amém.

— Ô, Chico! Ocê acha é que fai bem ocê reza assim pra Deus? Eu num consigo nem creditá no tanto de desacato junto que ouvi. Ocê é besta, é? Vê se pode!

— Cruiz credu! Parece um encosto, credu! Nem vi ocê aí, vai cuidá da sua vida!

— Quem avisa amigo é, azá seu!

— Amigo da onça, ocê! Agora Deus vai pensá mar d'eu porque ocê tá colocando praga n'eu... Os autoridade lá da capela dissero que é pá tê intimidade com o Sinhô, iguar que nem as criança tem. Que é por isso que os pestinha tem um canar direto com ele. Num tava fazenu nada demai, infeliz.

— Tudo isso porque ocê tá com essa bestice de ter sapato cautri? Ocê é bobo memo, né. Qué se metê em coisa que num é pu seu bico. Quem ocê é? Vê se pode!

— Ô quê?? Hã?? Num tô ouvino, fala mai alto!!! Ahhh! Tá! O Tião? Tá qui! Ô Tião, tão chamano ocê lá longe, tá ouvino não? Cê é surdo? Ocê fala tanto que num ouve, vai lá correno que deve ser a sua muié!

14.

"O Amigo da Onça foi um personagem criado pelo chargista Péricles Andrade Maranhão, para a revista *O Cruzeiro*, na década de 1940. A página de Péricles foi a mais lida da revista de 1943 até 1961, ano de sua morte. Ele nasceu por sugestão do então diretor da revista, Leão Gondim de Oliveira, fã do personagem *El inimigo dele Hombre* ("O Inimigo do Homem"), de uma revista argentina.

Gondim queria um tipo bem carioca, esperto, que sempre leva a melhor sobre os outros. Para compor o tipo físico do personagem, o chargista se inspirou em um garçom muito chato do bar onde esboçava suas piadas, que sempre se aproximava para saber o que ele estava fazendo. Ao descobrir que ele vivia disso, comentou: "Puxa, eu queria ter esse vidão!". O nome do personagem, que acabou virando sinônimo de amigo falso, que vive colocando os outros em situações perigosas ou embaraçosas, foi tirado de uma piada que fazia muito sucesso na época.

"Dois caçadores estão conversando:

— O que você faria se estivesse na selva e aparecesse uma onça na sua frente?

— Dava um tiro nela.

— E se você não tivesse uma arma de fogo?

— Furava ela com minha peixeira.

— E se você não tivesse uma peixeira?

— Pegava qualquer coisa, como um grosso pedaço de pau, para me defender.

— E se não encontrasse um pedaço de pau?

— Subia numa árvore.

— E se não tivesse nenhuma árvore por perto?

— Saía correndo.

— E se suas pernas ficassem paralisadas de medo?

Nisso, o outro perdeu a paciência e explodiu:

— Peraí! Você é meu amigo ou amigo da onça?" **”**

Extraído de: http://revistagalileu.globo.com/Galileu/0,6993,ECT656760-1716-
-9,00.html

15.

Chico precisou ir à cidade a mando do Sinhô para pegar material na casa de ração. No caminho, se deparou com um palhaço vagabundo pela estrada; sentiu profundo ódio do sujeito. Chegou a seu casebre já de noitinha com as costas ardendo de dor e faminto, abriu uma lata de salsichas. Em vez de salsichas, dentro da lata saíram minhocas, aos montes. Abarrotadas e rastejantes, umas por cima das outras. As minhocas surgiam em sincronia com perguntas que passavam em sua cachola; para cada uma delas, uma pergunta. *Como é que é que pode vivê feito aquele paiaço vagabundo? Não! Num pode. E por que num pode? Não sei! Mai num pode! Ele nunca teve um despertador pá acordá antes dos galo, não? Não! Num pode... Em cima da cabeça num tem teto? É cér azur? Quars caminho o mardissuento já viu? Marditas! Eu vô usá ocês no anzol, ocês vão vê! Será quar nome tem o infeliz? Tem nome? Mai, que mar que ele tá fazeno prusotos? Não! Mai, num pode. Que mar tem arguém vagueá por aí? Mar? O desgramento num liga nem de andá descarça! Num pode! Sujismundo! Bicho solto assim é que carrega o mar... ou o mar memo foi o que desejei pá ele?* Era impossível colocar as dezenas de minhocas de volta para dentro da lata. *Carona? Carona o que, paiaço? Num carrego vagabundo na minha carroça, não! Desejei memo! Ocê num quis tê liberdade? Ocê que ande! Suas fié da puta! Ocês vão virá comida dos pexe manhã memo. Eu nunca, nunquinha memo ia querê vivê que nem aquele traste. Mai e se eu vivesse iguar que nem ele? Não! Mai, num pode! E paiaço lá é gente? Desejei memo! Mardito vagabundo! Marditas minhoca!*

16.

> GARCIN
> Não ficará escuro, nunca?
>
> INÊS
> Nunca.
>
> GARCIN
> Você me verá sempre?
>
> INÊS
> Sempre.
>
> *(Garcin deixa Estelle e dá alguns passos pela cena. Aproxima-se do bronze.)*
>
> GARCIN
> O bronze... *(Apalpa-o.)* Pois bem! É agora. O bronze aí está, eu o contemplo e compreendo que estou no inferno. Digo a vocês que tudo estava previsto. Eles previram que eu havia de parar diante desta lareira, tocando com minhas mãos esse bronze, com todos

esses olhares sobre mim. Todos esses olhares que me comem. *(Volta--se bruscamente.)* Ah! Vocês são só duas? Pensei que eram muito mais numerosas. *(Ri.)* Então, isto é que é o inferno? Nunca imaginei... Não se lembram? O enxofre, a fogueira, a grelha... Que brincadeira! Nada de grelha. O inferno... são os outros. **"**

Extraído de: Jean Paul Sartre. *Entre Quatro paredes*, coleção Teatro Vivo Editora Abril, 1977.

17.

Por que Chico precisava tanto daquele sapato? Continuou na *juntação* das migalhas. Sentia como se algo realmente milagroso pudesse acontecer. Estava desejando um mundo fora dos limites daquele espaço e tempo, fora do alcance da lógica e da causalidade. Mas o que fazer com sua compulsão pela racionalidade? Ele acreditava desacreditando, Chico tinha um senso de realidade típico de órfãos. Mas também, justamente por isso, sabia como ninguém viver do improviso.

— Pá onde é que é que tão levanu essa vaquinha?

— Pro abate. Essa aqui só deu probrema.

— Essa num é aquela vaquinha que nasceu branca e ficô preta? Aquela parruda?

— Essa memo, Lua, Lua Crescente. Pariu e depois que tiraro o bezerro dela só deu probrema. Tá mai pra Lua Minguante.

— Mai o que é que tanto que deu ruim nela?

— Num dá leite, num serve. Vive doente e só dá gasto pro Sinhô.

— Coitada da bichinha...

— Coitada nada, vai pro abate pra dar algum tutu. Vê se pode, ninguém nem não sabe dizê o que ela tem. Chamaro o médico dos bicho, veio de outras bandas e ele falô que ela tem depressão. Vê se pode!

— Mai nunca vi isso em gente, que mai em bicho.

— Esse povo besta da cidade, inventa cada coisa. Vê se pode!

— Eu quero compra ela!

— Hahahaha... Larga de sê besta, Chico, e ocê lá tem dinheiro? Si enxerga homi!

— Que tanto de prosa vocês dois. Eu vou contar para o meu pai que está faltando serviço para o casal!

— Que isso, Doutorzinho... É que o Chico brecô eu aqui pra eu não levá a Lua pro abate. Ele tá dizeno que qué comprá ela, vê se pode!

— Pá o conhecimento de ocês eu juntei dinheiro juntado, e no mai, Doutorzinho, já tô sabeno que ela tá dâno gasto pro Sinhô seu pai. Eu posso ficá com ela, deixo pastá só lá perto do meu casebre.

— Chico, Chico, Chico... Seu casebre? E você não sabe que tem que ter pedaço de chão próprio para ter vaca?

— Descurpe o enxerimento, o abusamento, Doutorzinho... Eu trabaio pá ocês desde pivete, ocês num pode me deixá tê a vaquinha no meu casebre, que é de ocês, até eu consegui juntá mai migaia pá comprá um pedacinho meu memo, de paper passado?

— Mas você não se enxerga mesmo, não é Chico? Leva a Minguante daqui, Tião. Assunto encerrado.

Chico fez um cafuné na vaquinha, pegou a enxada e zarpou feito barco à deriva, fingindo ter controle do prumo. Doutorzinho, após uns passos, matutou com a sua calculadora, calculou com seu cérebro, bateu umas contas no coração e vislumbrou um resultado na corrente bancária. Deu a volta!

— Espera, Tião! Volta aqui, Chico! Me mostre as suas economias. Se você tiver o mínimo suficiente, te deixo comprar a vaca. Mas vai ter que adquirir uma terra, terra própria, para ter a Lua. E como você não tem, pensei num jeito de te ajudar. Posso ceder o pedaço do seu casebre, mas vou precisar receber algo em troca para não ficar no prejuízo. Você continua trabalhando firme e suspendemos o seu salário. Tudo no papel passado, o seu trabalho e dos seus futuros filhos em troca do casebre.

— Óia só, Chico!!! O Doutorzinho é um homi justo, é um homi bom! Não se vê mai gente assim, vê se pode!

18.

Lua até que estava melhor no novo pedaço. Sentia-se só, não dava leite, mas pelo menos não tinha mais que cruzar com nenhum touro bravo e nem ficar o dia inteiro parada em um cubículo de um por um, com aqueles metais ferindo suas tetas, tentando sugar o leite que não tinha. Chico vivia de papo com ela; minha Luazinha pra cá, minha Luazinha pra lá! Todas as noites, a pretinha ia para cima de um pequeno barranco colado na casinha de Chico. Gostava de ficar ali; de cima podia ver o telhadinho do casebre e então não se perdia, evitava amanhecer em terras onde não podia estar, escapulia de qualquer castigo vindo de Tião, caso ela sem querer pastasse em lugar errado. No escuro, Lua se camufla na mata para se misturar com a bicharada. Ela até sabe quando vai chover pelo coaxar dos sapos. Não se aflige com a chuva, não; fica bem à vontade sentindo o cheiro do mato molhado. Adora o escorregadio do mato melado e é por lá que Lua Crescente dorme mais pertinho do céu. Que data será o próximo baile? Chico ainda precisa comprar os sapatos country e pegar o registro de Lua e do casebre, pegar os papéis, os papéis passados em cartório. Ele ainda tem uma migalha daquela migalha, escondida embaixo do colchão. Doutorzinho não sabia. Correu para comprar os sapatos. Parecia um sonho! *Ah, Chico, que orguiu eu sinto de ocê! Ocê pensa grande, ocê agora é quase um emprendor...* Pirulitou para a frente do casarão do Sinhô com o peito estufado de ser gente importante, endireitou a coluna, arrumou as sobrancelhas e pediu uma prosa com Doutorzinho para pegar os sonhados "papers passado". Já tinha ensaiado tudo no caminho, o que iria dizer e como iria dizer. Imaginou a formalidade na entrega do seu registro, um aperto de mão desses iguais de político após cortar fitas de inauguração de construção. Gesticulava de modo a controlar os movimentos; queria transmitir "jeitura" de gente tranquila, de gente que nunca tem pressa, suor ou cansaço.

— **Não, não, não, Chico! Não se faça de bobo que eu não sou seu colega da roça, não. Deixei muito bem claro que as custas do cartório são por sua conta.**

— **Mai Doutorzinho, se eu dei todo o tutu pro Sinhô seu pai como é que é que eu vô pagá isso agora? Num recebo mai salário pá juntá, Doutorzinho!**

Todo o ensaio diplomático foi por água abaixo; no solavanco do susto, na bofetada da cena inesperada, ficou impossível sustentar o personagem. Chico era Chico.

— **Pensasse nisso antes, Chico, você é muito abusado. Não vê tudo que minha família sempre fez por você? Devia pedir perdão pra Deus pela ingratidão que tem pelos homens de bem. Vá-te embora!**

19.

Estava fazendo uma espécie de púlpito em frente à sua cama, caixa de feira em cima de caixa de feira, um altar, por último um paninho velho de renda, herança da falecida mãe, e por cima da última caixa, o sapato country feito troféu lustroso, ali enfeitando sua vista para inspirar seus sonhos e deixar o bem em lugar seguro e de destaque. Anda pra cá, anda prá lá, varre o chão, ajeita o casebre. Chico precisava se cansar, transpirar para não pirar e conseguir colocar a raiva para fora. Espalhou bacias embaixo das goteiras, aproveitou o barulho da chuva para se acalmar. Apagou na cama.

— Quem é aquele moço? Nunca o vi antes por aqui!

— Wow, ¡tiene hermosos zapatos!

— Deve essere già sposato...

— Je ne l'ai jamais vu dans le salon.

— Mas se fosse casado, a esposa estaria junto. Não é possível que tenha vindo sem ela, que absurdo! Parece um...

— Uomo ricco!

— Nota que no sabe bailar!

— Xaxaxaxaxa...

— Jajajajajajaja...

— 哈哈哈哈哈哈...

— Hauhauhauhauhau...

— 子どもはいますか？

— Si tiene, deben ser nuevos, no tiene la edad suficiente para tener hijos grandes.

— Aahahahahahah...

— Que tempestade forte está lá fora, parece que vai acabar o mundo. Credo!

— Molto sorridente sembra un uomo allegro.

— Prazer! Eu sou o Chico, Chico da Silva Santos de Souza. Mai novo emprendor da cidade! Ocê me dá o prazer dessa dança?

Sentiu o gelo da chuva e a quentura do sangue escorrendo na testa. Mesmo com dificuldade de alcançar, conseguiu segurar bem forte no rabo da Lua. Com os pulmões espremidos, fitou os sapatos no meio dos escombros do telhadinho do casebre. Lua, enlameada e encharcada, gemia feito loba da lua cheia. Chico estava tão macetado embaixo dela que não sentia muita coisa, imóvel, zonzo. Como Lua tinha parado ali em cima de sua cama, em cima dele? *Em cima da cabeça num tem teto? É cér azur?* Céu azul-marinho. Marinho igual ao mar. *Do mar de mar ou do mar de mardade?* Se Lua vai para o céu, Chico tratou de segurar bem firme no rabo dela e subir feito cometa Halley ao reino dos bem-aventurados que passa pela Via Láctea. Dizem que as vacas pretas têm o poder de levar um moribundo ao céu. A vida de cometa é, aos olhos da Terra, uma vida curta e rápida. À deriva na chuva, ambos agonizantes esperavam o terceiro sinal tocar para dar início ao espetáculo e fechar as cortinas na Terra. Chico Halley e Lua Crescente.

Fim.

20. (Extra)

> Nas tradições ocidentais, o calçado teria uma significação funerária: um agonizante "está partindo". O sapato ao seu lado indica que não está em condições de andar, revela a morte. Mas essa não é sua única significação. Simboliza a viagem não só para outro mundo, mas em todas as direções. É o *símbolo do viajante.*

Extraído de: Jean Chevalier e Alain Gheerbrent. *Dicionário de símbolos: Mitos, sonhos, costumes, gestos, formas, figuras, cores, números*, Editora José Olympio, 2020. p. 880.

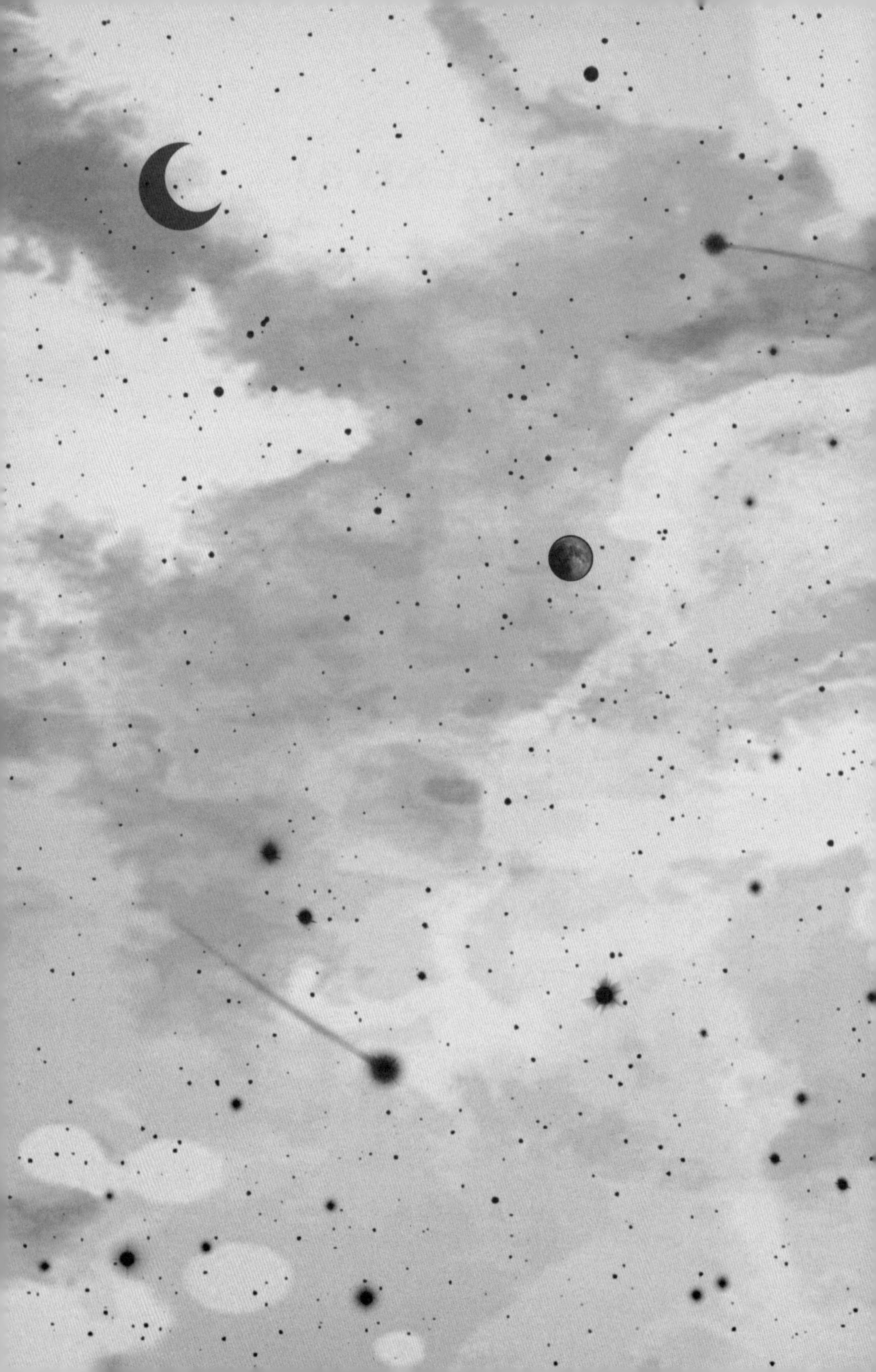